LE SOUFFLE DES HOMMES

Philippe Krhajac

Le souffle des hommes

roman

belfond

DU MÊME AUTEUR

Un dieu dans la poitrine, Folio n° 6643. Prix du Salon du premier roman de Draveil, lauréat de la 32e édition du Festival du premier roman de Chambéry (paru sous le titre *Une vie minuscule*, Flammarion, 2018).

Conception graphique de la couverture : look specific, Jad Hussein

Belfond | un département **place des éditeurs**

place
des
éditeurs

« … Je ne puis que t'aimer ;
Dire comment je t'aime,
L'éternité pourra. »

Vassili JOUKOVSKI

Poème « Elle », in *Le Soleil d'Alexandre*, André Markowitcz, Actes Sud, 2011.

Échoué sur une plage déserte, nu comme nous tous, je fixe ce point qui flotte dans l'air et, alors que je n'attrape rien de tout ce que je voudrais voir, que je n'entends rien de tout ce qu'il m'est donné d'entendre, j'avance encore, en sachant parfaitement comme je ne suis pas plus avancé avec ou sans elle.

Suis-je descendu des arbres ?
Suis-je tombé du ciel ou est-ce la mer qui m'a fait ?
Je trébuche, le souffle court, au gré des décors, en souhaitant :

L'ultime bonheur
De nos vieux os,
À l'ombre de jours en paix.
Nous, que la solitude ne quitte jamais.
Et nos forces enfin pacifiées
Contempleront notre colossale fragilité.

I

L'ORIGINE DES FEUX

La folie des Balkans

Quelques mois d'attente et nous revenons au jardin. Là, devant le verger des orphelins, chacun de nous s'émerveille des transformations. Un véritable parterre végétal, haut en couleur et en saveur, nous attend. Et, au milieu de nos cultures, se dresse un magnifique cerisier gorgé de burlats énormes et bien noires, que personne n'avait, jusque-là, vraiment remarquées.

Au sol, partout, haricots verts, courgettes, tomates et surtout fraises.

— Vous avez tous un panier ?

— Oui !!!

— Vous êtes prêts à cueillir ?

— Oui !!!

Aussitôt dit, aussitôt fait. On cueille, on ramasse et on grappille quelques fraises au passage. On s'y met tous, on y goûte tous.

Le plus génial, c'est dans le cerisier. Là, gaiement, poignée par poignée, on s'en met plein la bouche et on recrache les noyaux sur la tête des autres enfants encore en bas. Moi, je mange sans m'arrêter, je mange comme dans un rêve, sans m'arrêter... Ici, pas de soucis à l'horizon, que du soleil et du ciel bleu. Enfin, chacun redescend, paniers et ventres pleins, tous repus sauf moi qui reste dans l'arbre. Je mange toujours, comme seuls les orphelins savent manger, c'est-à-dire avec la faim de l'infini au ventre. Je mange les feuilles et même du bois et de la terre et toutes les pierres, c'est un régal cosmique… pour Danie et moi.

— Lève-toi, Phérial !!!

Danie hurle. Nos mains sont soudées. Je me réveille, je me lève, elle m'entraîne.

On sort d'un immeuble déjà en ruine. Notre course dépasse notre peur. On vole, on file, sans même prendre le temps de partager les pleurs des hommes à terre, des enfants morts, des femmes effondrées. La folie vient de surgir des hauteurs nuageuses et les bombes s'abattent sans répit sur le peuple serbe en faillite.

Danie et moi on dépense toutes nos forces en débâcle, mais lorsque l'on veut se dire « À droite ! » « À gauche ! » « Je t'aime ! », nos mots sont aussitôt terrassés par le fracas de l'enfer.

On tombe, on se relève, on tombe à nouveau, on laisse tout, on perd tout, rescapés provisoires, happés dans le tourbillon des haines humaines, amoureux prisonniers sous la pluie des bombes meurtrières.

La course folle reprend de plus belle et, arrivés devant l'immense bâtiment de la télévision serbe, stoppés net dans notre élan par le manque d'air, les yeux ahuris comme si nous étions devenus fous à la seconde même, sans savoir quoi faire, nous assistons comme au ralenti à la chute du dernier symbole de la tyrannie.

On se blottit l'un contre l'autre, voulant se protéger jusqu'à l'infini, et, avant que les débris ne nous recouvrent, on reprend notre épreuve dans la poussière, sans chercher à comprendre.

En ce 24 mars 1999, les sirènes retentissent et brisent toute confiance en l'être qui sait marcher. L'alliance est rompue. Dans la fumée des décombres, les hommes courent à leur perte en tenant leurs bras arrachés. La fureur des bombes démolit la Serbie et Belgrade en feu laisse monter la sourde plainte de tous ces visages n'ayant pas cru que la punition finirait par arriver.

Il n'y a plus de trains, il n'y a plus de voitures, plus d'ordre, plus d'essence, plus de cerises. Seule la survie cellulaire l'emporte sur la peur et la folie.

Dans les moments de répit, Danie et moi nous nous déplaçons en charrette, de kilomètre en kilomètre, nous éloignant chaque jour un peu plus de la capitale en flammes pour atteindre un pays loin des cris.

Premier voyage ou le théâtre ambulant

Eau froide sur le visage, une goutte de parfum derrière chaque oreille, j'enfile ma chemise blanche, impeccable. En ce beau matin de juillet 1990, je m'apprête à découvrir pour la première fois de ma vie le pays de mes origines : la Yougoslavie. Et le plus incroyable, c'est qu'à vingt-quatre ans, je vais rencontrer toute une famille que je ne connais pas encore, mais surtout mon frère. Je ne sais que son prénom, Lalé, et qu'il a vingt ans de plus que moi. Je suis nerveux et heureux, heureux parce que Danie, l'amour de ma vie, me rejoindra, nerveux parce que… Qu'est-ce que je vais leur dire ? Qu'est-ce qu'ils vont me dire ? Pas le temps d'y réfléchir, ma mère me lance à travers la porte de la salle de bains :

— *Hajde sine, brzo !* (Allez, mon fils, vite !)

Je passe une main dans mes cheveux noirs, clin d'œil dans le miroir. L'aventure m'attend !

Nous sortons du métro, station Hauptbahnhof, et nous dirigeons vers la gare routière. Le bus pour la Yougoslavie est plein, nous sommes les derniers à mettre nos valises dans la soute tandis que le chauffeur nous invite à prendre place. Ma mère, toute pimpante, va droit vers le fond et je m'assois près d'elle. La porte se referme, le chauffeur donne le coup de clé et en avant le périple, en avant les Balkans. Moi aussi, je me sens tout ardent. Il est 6 heures du matin, la ville est encore tranquille, on quitte Francfort sans encombre. Dans le bus, c'est déjà un peu le pays. Tout le monde parle en serbo-croate et chacun se passe du bon salami, du fromage de là-bas ; certains débouchent même quelques petites fioles de slivovitz. Deux heures plus tard, les chants du cru se font entendre sur toutes les autoroutes qui nous conduisent en Autriche puis en Hongrie et enfin au pays tant attendu. Et moi aussi, le Yougo de sang, j'entonne avec la force du jeune explorateur que je me sens quelques phrases des *pesme* (chansons), quelques refrains. Les pauses sont rares et, à chacune d'entre elles, il se trouve toujours quelqu'un pour relancer le voyage en disant : « *Hajde Majstere, idemo kući !* » (Allez, chef, allons à la maison !), comme si chacun voulait au plus vite fouler le sol du pays.

Tout au long du voyage, ma mère me fait beaucoup rire parce qu'elle imite à la perfection ses semblables. Tel vieux qui se mouche bruyamment, tel autre qui a un défaut de prononciation, qui boite, qui parle fort ou qui est timide. Elle les rend tellement plus vivants, plus comiques encore que ce qu'ils sont. Elle s'amuse comme une petite folle, sans relâche, et parfois, elle pousse la plaisanterie jusqu'à singer sa proie alors même qu'elle discute avec elle. Je suis plié de rire. C'est étrange, comme si son sens de la comédie avait plus d'importance que celui d'être mère. Comment pourrait-il en être autrement ? Je l'ai retrouvée il y a si peu, à peine deux ans, et puis, elle vit à Francfort, moi à Paris. Et puis, je ne suis plus un tout-petit, elle a sa vie, j'ai la mienne.

On traverse les Alpes dans la nuit. On arrive enfin à la frontière slovène. Quelques Yougos de cette région descendent, contrôlés par deux douaniers qui montent dans le bus tandis que tous ceux qui restent assis tendent leurs papiers. Kalachnikov en bandoulière, ils arpentent l'allée du bus en jetant des regards furtifs sur les mains tendues. À un moment, l'un d'eux s'arrête à la hauteur d'une femme, la trentaine passée, et dont le maquillage n'a rien à envier à son manteau en fausse fourrure... Le douanier enfonce le canon de son arme dans le poil soyeux et, sans même regarder cette jolie dame, il lance d'une voix grave mais neutre :

— *Daj mi tvoj mantil...* (Donne-moi ton manteau...)

Il continue son inspection avec son acolyte et lorsqu'ils reviennent sur leurs pas, le manteau est plié sur l'accoudoir. Il l'attrape et souhaite à tous, en descendant du bus, un bon voyage. Personne n'a bronché.

Je suis stupéfait, ahuri. Les mots me manquent, alors tout me vient en français.

— C'est quoi, ce bordel ? C'est quoi, cette façon de faire ? On est au XXe siècle ! Le mur de Berlin est tombé ! On est en démocratie !

Tout le monde se retourne et je suis sûr que de ma rage face au bakchich des Balkans, le seul mot qu'ils ont compris est : démocratie. Les deux douaniers remontent aussi sec tandis que ma mère m'attrape par le bras en me suppliant de me taire, de me rasseoir, chose que je fais immédiatement lorsque j'entends le son de la kalachnikov qu'un des douaniers arme. Manteau sous le bras, le douanier me dévisage, me sourit avec dédain et marmonne dans sa barbe :

— *Francusi, Francusi*... (Français, Français...)

Et ils repartent pour de bon.

Aussitôt, le bus démarre et ma mère m'explique qu'il ne faut pas dire ça, qu'ici on n'est pas en France, en démocratie, qu'on est chez les Slovènes et qu'il ne faut pas faire de vagues, que c'est le jeu, que c'est ainsi. Je ne dors pas de toute la nuit. Quel choc, cette impuissance face aux armes, quel choc pour moi, le métis culturel.

Plus tard, c'est la Croatie, sans bakchich cette fois-ci.

Lorsque enfin mes yeux se ferment, les voix du bus montent en un seul chœur et j'entends haut et fort cette drôle de chanson, en découvrant le soleil qui s'élève au-dessus des petites montagnes de Voïvodine :

Tamo daleko,
Daleko kraj mora,
Tamo je selo moje,
Tamo je ljubav moja...

Loin là-bas,
Loin près de la mer,
Là-bas est mon village,
Là-bas est mon amour...

Tito au mur

Quelques semaines après le bombardement de Belgrade, nous réussissons à remonter jusqu'à Novi Sad, chez mon oncle Dragan, le frère de ma mère. Nous sommes venus plusieurs fois lui rendre visite au cours de ces dernières années, avec Danie. C'est un homme discret et bon. Il n'a jamais posé de questions sur l'histoire de mon abandon mais j'ai toujours senti sa compassion pour mes douleurs. Lui et sa femme, Svetlana, aiment beaucoup Danie. Ils m'ont souvent dit que c'était une vraie Serbe, ce qui n'est pas peu.

Dès notre arrivée, ils s'empressent de nous demander si nous avons des nouvelles de Belgrade. Je raconte qu'au moment de notre fuite, personne de la famille là-bas n'était mort, mais bon, en temps de guerre, tout va très vite, tout change très vite.

Mon oncle voit notre fatigue.

— Va te reposer, avec Danie.

— Merci, *ujak* (mon oncle).

Ils nous prêtent, comme à leur habitude, leur petite chambre. On s'enferme, on se glisse sous les couvertures. Main dans la main. Danie tourne son visage vers le mien. Dans la pénombre, j'écarte avec douceur les cheveux qui tombent sur ses yeux. Nous avons mis tant de temps pour venir de Belgrade jusqu'ici. Nous avons croisé en chemin les vieux, les femmes, les enfants, les milices, et, malgré notre accoutrement de riches Occidentaux en sale état et notre valise made in Barbès, nous n'avons pas été inquiétés. Une fois seulement, un milicien, kalachnikov à la main, ayant reconnu mon accent français, m'a attrapé au col en hurlant :

— Pourquoi les Français ont fait ça ? On s'est battus avec eux contre les nazis ! Pourquoi ? Dieu, pourquoi ils nous tuent ?

— *Gospodin* (Monsieur), je dois aller voir mon oncle à Novi Sad… Mon père est serbe, ma mère est serbe. Je ne sais pas pourquoi ils font ça. Je ne sais pas pourquoi…

Il m'avait aussitôt lâché, en larmes, murmurant *oprosti* (pardonne-moi).

J'aurais aimé lui dire à quel point je ne comprends rien aux affaires belliqueuses de cette terre qui m'est encore très étrangère, que je suis serbe depuis si peu, que dans mon autre pays, la France, on vit en paix, que, de ma vie, jamais je n'ai vu de guerre.

Danie s'endort, ses mains sont froides. Je remonte la couverture au-dessus de nos têtes. J'ai beaucoup de mal à fermer les yeux. Je me demande si on va réussir à quitter ce navire balkanique qui, troué de part en part, coule lentement. Dans son tourbillon, beaucoup vont périr. Je ne veux pas perdre Danie. Je ne veux toujours pas mourir. Il faut se sortir de ce bourbier. Au mur de la chambre trône le portrait du maréchal Tito. Les fantômes n'aident guère au sommeil, mais mon oncle idolâtre toujours ce personnage habillé tout de blanc. Interdit de le décrocher. Il rêve en secret que ce vieux stratège revienne d'entre les morts et rétablisse la paix qu'il n'a pas su transmettre. Souvent, il m'emmenait dans sa chambre et, planté devant la photo de l'ex-grand dirigeant, il me prenait par l'épaule en disant :

— *Taj čovek* (Cet homme), c'était le plus grand ! Il a fait de nous les Yougoslaves, il a empêché Staline de nous soumettre. Il a combattu les *Nemci* (Allemands) avec les Serbes, lui qui était croate. Il a fait un pays !

Danie respire doucement. Je me demande si moi aussi je fais partie de ce « nous » plein d'assurance et si je serai aussi fier que lui un jour d'appartenir à un peuple. Dehors, les sirènes. Les bombes déchirent le ciel. Fini les grandes questions, l'appartement vole en éclats. Danie dort encore. Un morceau de mur la recouvre.

Je ne crie pas. Je suis à terre dans la salle à manger. Mon oncle et ma tante, eux, n'y sont plus. Ils ont été soufflés et je vois leurs corps sur l'herbe, parmi les papiers, les gravats. Ils ne bougent plus. Ils dorment à ciel ouvert. L'appartement n'a plus que deux murs. La photo de Tito est le seul ornement qui, sur l'un d'eux, tient encore. Danie m'appelle :

— Phérial ? Phérial ?

Danie essaie de pousser la pierre.

Abasourdi, je bondis et soulève le pan de béton.

Les rois de l'échiquier

On a planté les parasols pour ma mère et ma tante Svetlana. Miky a sorti un beau plateau tout en bois et on a disposé les pièces sans plus attendre, sur une petite table de camping. Miky est le fils de Dragan et de Svetlana, c'est donc mon cousin, mais ici en Yougoslavie, un cousin n'est pas un cousin, mais un frère. Miky parle bien le français et il est très fier de pouvoir converser dans cette langue avec moi. C'est aussi un joueur d'échecs invétéré, Miky, comme son père et comme moi. Il est dans un club. Je vais devoir faire attention. Il connaît toutes les ouvertures, les variantes… En short, torse nu, chapeau sur la tête, on est bien, au soleil. Dragan regarde attentivement chacun de nos déplacements. Ils ne m'ont jamais vu jouer et, d'ailleurs, il y a à peine quinze jours qu'ils connaissent mon existence.

Mon oncle est venu nous chercher à la gare dans sa toute petite voiture pot de yaourt et on a eu du mal à rentrer les valises. Chez lui, Svetlana nous a servi du café et ma mère lui a lu, dans le marc, son avenir. Il n'y a eu aucune question sur ce fils perdu en France. Non, j'ai été accueilli chaleureusement, avec la joie des gens simples qui préfèrent les miracles aux vérités.

Miky reste prudent. Il analyse longuement mes réponses à ses avancées. Moi, je profite de ses réflexions pour regarder le Danube. Je n'avais jamais vu de fleuve aussi grand. La Loire de mon adolescence semble être une simple rivière au regard de ce géant. Combien de temps pour le traverser à la nage ? Il paraît que mon oncle l'a fait, dans sa jeunesse. Le courant est fougueux, puissant, mais moi aussi j'ai envie d'essayer, de leur montrer comme je suis fort, que ce fleuve est aussi le mien même si je n'ai pas grandi ici, même si je n'en connais pas tous les tourments. Je suis heureux, sous les nuages des Balkans, je suis enfin chez moi, en famille, du moins je le veux, je le crois.

— Échec ! m'annonce Miky calmement.

Je reviens au jeu. Son fou noir menace mon roi. Je regarde Miky en souriant. Il est tombé dans le panneau. Il voudra prendre ma reine qui couvre maintenant mon roi... Il la prend ! Les prochains coups lui seront fatals, cavalier qui prend le fou gourmand, fourchette royale, tour en renfort et j'annonce un glorieux :

— *Šah mat !* (Échec et mat !)

Miky revoit les coups un par un et finit par me tendre la main.

— Toujours se méfier des chevaux... dit-il dans un français impeccable.

Mon oncle prend sa place. Je lis dans ses yeux qu'il veut en découdre lui aussi et nous voilà partis à jouer jusqu'à l'heure où les énormes moustiques viennent nous dévorer les mollets, les épaules, les bras. Qu'importe, les pièces claquent sur l'échiquier comme nos mains claquent sur notre peau noircie par le soleil pour tenter de tuer nos assassins volants. Tout au long de l'après-midi, j'ai aussi observé ma mère. Elle change à vue d'œil dans son pays. Je la trouve si drôle, si détendue et si fière, malgré les possibles qu'en-dira-t-on, de présenter son fils, portrait craché de son amour disparu, son fils retrouvé, rendu. Elle est heureuse et je suis fier aussi.

On n'y tient plus, on plie la table de camping, les moustiques sont les vrais gagnants. On s'apprête à partir quand j'entends derrière moi un bruit, un vacarme qui fait trembler le sol même, je me retourne et aperçois, là, en plein milieu du fleuve, un immense bâtiment de guerre, un croiseur, un destroyer, je ne sais pas…

De fortes vagues viennent nous engloutir les pieds, c'est incroyable. Il a surgi de nulle part et mon oncle et Miky font des signes aux marins qui s'affairent sur ce monstre tout de fer vrombissant.

Départ imminent

J'attends dans le couloir de l'hôpital de Novi Sad. Un médecin m'explique moitié en français, moitié en serbe, que Danie a peut-être reçu un éclat d'obus. Ils vont essayer de l'extraire. L'homme repart. Les blessés jonchent les couloirs. Je pleure. Je pleure mon oncle et ma tante, épuisé par la misère guerrière. Je pleure pour ma Danie, pour notre amour qui risque de prendre fin ici, entre le feu, les flammes et le sang. Un vieux me tend une petite fiole de slivovitz. Je la prends et je bois, moi qui ne bois plus depuis mes dix-sept ans déjà.

Quatre jours d'attente encore. Les bombardements ont presque cessé. Le même médecin me permet de rendre visite à Danie au bout du deuxième. Elle est toujours endormie. Il approche, accompagné d'une infirmière.

— Tu sais faire un bandage ? me lance-t-il tout en examinant le crâne de Danie.

— Non.

— *Nema problema*, tu vas apprendre. Elle se porte mieux.

Il passe au blessé suivant. L'infirmière me montre, ses gestes sont rapides, efficaces. Elle soulève la tête de Danie, refait le bandage puis l'enlève. Elle me montre l'endroit du crâne où l'éclat a pénétré.

— Ici, tu désinfectes toujours avant.

Je me mets au travail. Je suis lent et, le bandage fini, Danie semble porter un masque de film d'horreur réalisé sans un sou. L'infirmière rigole franchement et moi aussi. Danie dort toujours pendant que je joue au Dr Frankenstein. Je change le bandage toutes les deux, trois heures. Je touche son front et m'endors assis au sol, contre le lit, la main de Danie près de ma joue. Deux jours encore et je suis un expert du bandage. Je change Danie, la lave, et le sommeil m'emporte au son des râles des blessés de guerre.

Au cinquième jour, le médecin me réveille. Accroupi devant moi, il dit :

— Ta femme est guérie. Faible, mais guérie.

Il ajoute à voix basse :

— Il y a une voiture qui démarre pour la Hongrie. Il faut partir, vous n'avez rien à faire ici. Va au 37, *Trg Slobode*, l'avenue de la Liberté, de la part de Radomir Ječinac. Allez, courage, tu es un Serbe !

Il me glisse deux cachets, sans doute des antidouleurs, et part aussitôt. Je me lève, Danie est assise dans son lit et son sourire est miraculeux.

— Mon amour !

— Mon beau paysan !

— Tu vas pouvoir te lever ?

— Fichons le camp, Phérial, sors-moi de ce cauchemar.

Je l'aide à se lever et on part sur-le-champ. Les rues sont calmes. Les gens sont rares et nous sommes bel et bien reliés par la peur. Je demande notre chemin, on me renseigne, on y est.

Une femme, un châle sur la tête, nous ouvre. Elle me rappelle ma mère, elle lui ressemble. Ou est-ce parce que j'ai envie d'être chez ma maman, assis sur le canapé à regarder la télé en mangeant toutes sortes de choses sucrées, salées, que je vois en elle une irréfutable ressemblance ? Pas le temps d'approfondir, son fils Branko se joint à nous et, cinq minutes plus tard, nous voilà tous les quatre en fuite sur les routes, à éviter les cratères, direction les Carpates.

Ballotté à l'arrière de la Zastava, la même que celle de mon oncle et ma tante venus nous accueillir lors de mon premier voyage au pays, je pense à eux, sur le sol, à Novi Sad. C'était un homme droit, mon oncle, bon, d'une honnêteté exemplaire, sauf peut-être lorsqu'il perdait aux échecs. Il accusait alors son partenaire d'une quelconque tricherie et, si l'autre n'avouait pas, il faisait voler le plateau et toutes les pièces restantes avec. Ma tante ramassait aussitôt les rois, les reines et servait de la *rakija* pour calmer son homme au sang explosif en souriant aux invités comme pour dire : « Il n'est pas méchant, mais c'est ainsi, il n'aime pas perdre. »

Peut-être est-ce ça, la guerre : ne pas aimer perdre et croire, malgré tous les signes contraires, qu'on finira par gagner je ne sais trop quoi…

Danie, son bandage sur la tête, considère les arbres brisés le long de la route et s'exclame avec joie lorsqu'elle en aperçoit un qui se dresse encore tout là-haut vers le ciel. Elle me le montre du doigt et je partage son ravissement.

— Comme toi, il vivra !

Ma « maman au châle » conduit comme une dingue. Branko, qui a notre âge, nous explique qu'il fuit le pays. Il ne veut pas être enrôlé dans les milices, il s'en fiche de cette guerre ethnico-religieuse. Que l'on parle croate, bosniaque, serbe, qu'on soit de Voïvodine ou de Macédoine, peu lui importe, seule l'archéologie l'intéresse. Il désire rejoindre l'Allemagne où il continuera ses études pour, un jour, expliquer aux générations futures, au détour d'armes trouvées dans les entrailles de la terre ou de crânes emplis de poussière, les pourquoi du comment. On roule, on roule jusqu'au soir venu.

On s'endort tous,
À l'orée d'une forêt brisée.
Nulle étoile dans le ciel.

Gambling

Ma mère m'avait dit qu'il viendrait pour me voir.

Et il est là.

Elle m'avait montré quelques photos de lui enfant et il ne ressemble plus vraiment à cet enfant.

Il se dirige vers moi.

Ujak (oncle), *ujna* (tante) et Miky, tout comme moi, ne disent rien, émus.

Il est grand et costaud. Il a vingt ans de plus que moi et il s'appelle Lalé.

Mon premier réflexe est de chercher en quoi on se ressemble. Il s'agit de mon frère après tout. Enfin, du premier enfant que ma mère a eu avec un autre homme. Il a les cheveux noirs comme moi. Il y a quelque chose au niveau de la bouche, des yeux aussi. Il s'avance encore et me serre fort dans ses bras.

— *Brate moj !* (Mon frère !)

Ma mère apporte du café. Ses gestes, ses mots, tout a l'air parfaitement normal pour elle, comme si nous ne nous étions pas vus depuis quelques semaines seulement. Je me dis que sa façon d'être comme à l'accoutumée lui permet de cacher son trouble, son émotion. Mais je n'en suis pas vraiment sûr. Ces retrouvailles familiales me plongent dans un état que je connais bien. Exactement le même que lorsque, enfant de l'Assistance publique, orphelin, j'arrivais dans une nouvelle famille d'accueil. Je suis à la fois dans le moment présent, envahi par la force qui s'en dégage, et en dehors. En dehors, pour me permettre d'observer tout ce qui se passe, d'enregistrer ce qui se dit ou ne se dit pas, bref, un mélange de méfiance, de crainte qui fait que l'on ne dévoile son cœur qu'avec prudence, vigilance. Ma mère fait des blagues, mon frère l'embrasse avec une aisance que je n'ai pas encore. Je m'ouvre peu à peu. Les heures s'écoulent et il est temps d'aller chercher Danie qui arrive tout droit de Paris. Lalé, Miky et moi on grimpe dans la Zastava de mon oncle. En chemin, je profite des connaissances en français de Miky pour poser des questions à Lalé à propos de mon père. Lalé l'a peu connu parce que c'est surtout sa grand-mère, la mère de ma mère, notre grand-mère donc, qui l'a élevé. Il se rappelle juste avoir été au cimetière de Markovac, un petit village situé en dessous de Belgrade, pour la mise en bière et combien il avait été difficile de rapatrier son corps pour qu'il repose en terre serbe. C'est étonnant comme à chaque fois personne ne semble savoir grand-chose de mon père. Même Guilé, mon cousin yougo de Paris du côté paternel, n'était pas tout à fait sûr qu'il soit enterré dans ce village. Il règne autour de ce père une flopée de mythes et de légendes. Je comprends que Lalé l'a à peine connu. Le couple vivait sans lui, en Allemagne, pour faire, comme beaucoup d'immigrés, de l'argent. L'éducation des enfants revenait aux grands-parents.

Lalé, lui, ne me pose aucune question. Là, entre nous, sans ma mère, nous sommes seulement deux inconnus. Et puis ces vingt ans d'écart… Je comprends.

On arrive à l'aéroport de Novi Sad. La chaleur est écrasante. On grille, on coule comme des *paprike* lorsque au barbecue, sur la flamme, ils rendent leur jus. Danie, en robe blanche légère, lâche ses valises et se jette sur moi.

— Danie, voici Lalé, mon frère, et Miky, un autre frère !

Ils la saluent en souriant. On rentre comme on peut, à quatre, dans la petite voiture et, tout le long de la route, Danie pose mille questions. À la maison, ma mère est heureuse de la présenter au reste de la famille. On sort des bières et ma mère tire les cartes à *ujna* et à Danie. Nous autres, les hommes, on s'affale sur les canapés et on en profite pour faire la sieste. Plus tard, vers 18 heures, Lalé et Miky décident de nous emmener, Danie et moi, quelque part. Et lorsque je demande où on va, mes deux frères répondent en chœur :

— *U raju, brate, u raju !* (Au paradis, frère, au paradis !)

Dans les rues de Novi Sad, c'est la fournaise. Cela n'empêche pas Danie de filer. Lalé, Miky et moi, on n'arrête pas de lui dire de ralentir, qu'à cette allure on va finir par y rester, mais elle, tout excitée, répond :

— Soyez des hommes et arrêtez de râler, la surprise n'attend pas !

Lalé veut que je lui traduise, je lui fais signe de la main de laisser tomber.

— Elle est folle, ma Danie, elle est folle et je ne sais que l'aimer.

Miky traduit. Mon frère, heureux pour moi, sourit et me serre dans ses bras.

On quitte le grand boulevard de Novi Sad, on prend les rues piétonnes, quelques ruelles encore, plus sombres, plus fraîches, et on arrive devant une porte blindée en sous-sol sur le haut de laquelle on peut lire en cyrillique « La Roulette Serbe » et, en dessous, cette épitaphe :

Pas d'argent, pas de vie !
Pas de vie ? Plus rien à gagner.
Passe ton chemin, alors, étranger,
Ou la mort, tu vas trouver.

Lalé cogne deux coups secs puis trois plus lourds, plus lents. Une voix derrière crie :

— *Lozinka ?* (Mot de passe ?)

De sa voix de basse profonde, il lance :

— *Cerni Dunav.* (Danube noir.)

La porte s'ouvre aussitôt et nous voilà pénétrant dans la caverne comme les quarante voleurs de mon enfance, avec la certitude, cette fois-ci, d'y découvrir bien des trésors... La fumée règne en maîtresse absolue, le nuage est si épais qu'on dirait même que le ciel prend naissance ici, dans ce boui-boui entièrement voué au jeu, à l'argent et aux femmes, où la slivovitz et le rhum coulent à flots. Il y a du poker, du black-jack, du jeu impérialiste à gogo et aussi un loto – où le premier prix n'est pas un vélo mais une kalachnikov en or ou plaquée or, je ne sais pas trop. Ça pulse, ça parle fort, ça lance les dés, c'est un concentré de regards qui ne quittent jamais des yeux les tables de jeu, sauf pour aller se soulager.

Ici, pas besoin de changer notre argent français, tout argent est le bienvenu, deutschemarks, livres, dollars, et mon frère et Miky m'embrassent lorsque je leur donne cent francs qu'ils vont illico miser d'une table à l'autre sans sourciller.

Danie est fougueuse, elle s'est collée au poker, elle implore la quinte flush, le carré mais sait bien, au fond, que cela n'arrive quasiment jamais en mains, sauf dans les *James Bond.*

Il y a une roulette artisanale et le croupier, dont j'apprends de Miky qu'il est flic à la retraite, balance fièrement à chaque tour, dans un français aux *r* bien roulés :

— Faites vos jeux ! Les jeux sont faits ! Rien ne va plus !

Je mise sur le rouge et c'est le noir qui sort. Je mise encore sur le rouge et la boule ne trouve rien de mieux que de s'engouffrer dans le trou en dessous du zéro. Le zéro est de couleur verte, ni rouge, ni noir, un tour encore alors avant de savoir. La boule est lancée. Elle tourne, elle tourne, et nos vies accrochées à sa course folle rebondissent avec elle. Ça part dans un sens, ça revient dans l'autre, ça cogne, ça saute aussi et ça va voler en éclats ! Voilà l'espoir de tout joueur éprouvé. Tout commence et tout finit là où cette sphère parfaite se loge.

— *Trideset šest !* (Trente-six !)

Le trente-six rouge est sorti ; je récupère ma mise doublée !

Danie au loin m'envoie un petit baiser.

On reste des heures. L'ambiance est survoltée et les femmes sont terriblement maquillées. Tout est au mieux. Mon frère s'est fait quelques liasses de billets et, pour lui, ce n'est pas uniquement pour rigoler. En allant chercher Danie à l'aéroport, il m'a raconté que ça fait un an et demi que l'État ne l'a pas payé. Mécanicien d'autobus sans salaire, le jeu est pour lui une belle affaire à saisir, car l'argent dans ce pays ne viendra de nulle part ailleurs.

On est sur le point de partir, un dernier verre et hop, retour à la *kuća* (maison). Soudain, au bar, un type commence à proférer des injures dignes de toutes les vulgarités et un autre, pas moins énervé, renchérit et, comme l'un est croate et l'autre bosniaque ou macédonien, non, monténégrin, je crois, ou serbe, bref, nous voyons en quelques secondes la furie des Balkans se déchaîner. Les flingues sortent, les coups de feu partent et trouent de part en part la nuageuse caverne de La Roulette Serbe. On se jette tous au sol, sous les tables, sous les chaises, derrière le bar et, dès qu'on peut, Danie, Miky, Lalé et moi on rampe pour gagner la porte blindée et ficher le camp dans l'air frais de la nuit en nous bidonnant, bluffés d'être toujours vivants.

Dans le lit, à la clarté des étoiles, j'ai confié à Danie qu'au sol, dans le boui-boui, j'avais pensé à mon père, ce gangster, de moi inconnu. C'est qu'il me manque terriblement, ce père que je n'ai pas eu, même si je ne suis plus l'orphelin d'autrefois.

La légende des Carpates

Au loin crépite Novi Sad, au loin, des fumées noires pendent comme des lianes jetées du ciel d'où descendent, pêle-mêle, bombes et démons de fer et de feu.

On s'éloigne, voulant atteindre au plus vite la frontière.

Sur la route, des familles marchent en lisière de forêt. À la moindre alerte, avion dans le ciel, bombardement, elles se réfugient sous ce qu'il reste de nature, et nous aussi stoppons la Zastava et filons ventre à terre nous cacher. L'accalmie revenue, chacun reprend la route. Des heures durant, nous roulons ainsi, voyage entrecoupé d'arrêts de survie. Pied au plancher, maman au châle roule avec la force d'une mère qui veut à tout prix préserver son enfant de l'enfer.

On s'éloigne.

La vitre de Branko est ouverte. Il scrute de temps à autre le ciel et regarde l'enfer laissé derrière nous. Moi, j'écoute le vent s'engouffrer dans notre radeau ambulant et je caresse les cheveux de Danie qui s'échappent du bandage. Recroquevillée sur la minuscule banquette arrière, la tête posée sur mes genoux, elle reprend tout doucement des forces en me demandant sans cesse, à la manière d'une enfant :

— Quand est-ce qu'on arrive ? C'est encore loin ?
— On arrive bientôt, mon trésor, on arrive bientôt.

Les sons de guerre s'évanouissent peu à peu et devant nous se dressent les Carpates. Nous passons à proximité d'un poste de gardes douaniers sur lequel je peux lire en cyrillique : *Roumanie*. Maman au châle l'évite, longe sur des kilomètres les montagnes en empruntant des chemins de terre qu'elle semble bien connaître et, au moment de franchir pour de bon la frontière, elle lance un triomphal :
— *Hvala Bogu, slobodni smo !* (Merci Dieu, nous sommes libres !) *Hvala Bogu, slobodni...*
On hurle tous :
— *Slobodni ! Slobodni !* (Libres ! Libres !)
Un sifflement nous fait taire. Un sifflement venu d'un recoin de montagne. Un sifflement qui perce de façon nette le pare-brise de la voiture. Un sifflement qui retentit dans nos oreilles tandis que la mère de Branko, le sourire aux lèvres, lâche le volant. Bras ballants, paumes vers le ciel, le sang s'échappe de son front et s'étend doucement sur son visage. Elle vient de recevoir une balle de sniper en pleine tête. Branko, blanc comme sa mère, reste pétrifié alors que la voiture dérive comme la folie des hommes.
Danie attrape la vieille femme et, de toutes ses forces, la dégage du siège avant. En un éclair, je bondis au volant, cherchant, dans la panique, pédales de frein et d'accélérateur. D'autres sifflements nous frôlent à plusieurs reprises. Je conduis en zigzaguant. Maintenant, Branko s'est hissé par la vitre avant et toutes les insultes de la terre résonnent dans ces montagnes noires qui se détachent de façon effrayante à la tombée du soir. Tout est allé très vite. On a roulé

longtemps encore avant de s'arrêter, avec le sentiment étrange que jamais nous ne pourrons savoir qui, derrière sa lunette, a tiré. Tout juste pourrons-nous témoigner du meurtre sans visage de la mère de Branko qui voulait partager avec son fils un avenir plus serein à l'ombre des arbres verts d'un autre pays…

Épuisés, sans allumer de feu, ne voulant pas risquer d'attirer d'autres sifflements, nous avons, en pleine nuit, aidé Branko à ensevelir le corps de la défunte. Avec nos mains, nous avons creusé maladroitement un lit dans la terre et Branko a prononcé des prières en pleurant. Puis, il a posé la dernière pierre qui a fini de recouvrir le visage de sa maman, partie pour un voyage que j'imagine sans fin entre ciel et univers.

Nous avons dormi tous les trois serrés les uns contre les autres, au pied de la tombe improvisée, et Danie et moi avons longuement passé nos mains sur le visage mouillé de Branko, devenu cette nuit même l'orphelin des Carpates.

Les cousins et les frères

— Qu'est-ce qu'il disait tout à l'heure, ton cousin ?

— Pas cousin, frère.

— D'accord, ton centième frère, qu'est-ce qu'il disait ?

— Il parlait de sa firme, de sa petite entreprise et était fier de nous la montrer.

— Et personne ne te pose de questions à propos de ta mère et toi, de vos retrouvailles ?

— Mon bel amour, ici les psys sont les tireuses de cartes comme maman et les magasins n'ont pas de rayon nourriture pour chiens et chats.

— Oui, c'est sûr que dans ce cas, les questions existentielles du style le pourquoi du comment sur ta mère et l'abandon, et de l'éventuelle influence que tout cela pourrait avoir, l'héritage transgénérationnel selon Jung, Freud, Lacan, bref l'un de ceux-là, n'a pas vraiment d'importance et le non-dit est probablement intraduisible ici ?

— Quelque chose comme ça. Le non-dit est noyé sous les dures réalités de la vie. Pas de complexe, on ne revisite pas le passé, chacun sait que les misères ne s'inventent pas. Ici, on dit plutôt « tu » que « vous », tu vois ?

— Te fâche pas, j'essaie de comprendre, mon biquet d'amour.

— Je ne suis pas un biquet et je ne sais pas trop s'il y a quelque chose à comprendre. Je suis heureux d'avoir retrouvé ma mère, d'être dans mon pays d'origine, et malheureux parce que…

Danie s'approche de moi, sentant que j'ai besoin d'elle pour en dire un peu plus.

— Parce que quoi, mon amour ?

— Mon père. Je ne verrai jamais mon père. Ça me brûle au cœur, Danie. C'est idiot, je ne l'ai jamais vu et ça me brûle au cœur.

Elle m'enveloppe de ses bras et je n'ose pas pleurer au milieu du restaurant.

— *Evo pivo, obična voda i čevapčiči, prijatno.* (Voici la bière, l'eau plate et la viande hachée, bon appétit.)

Mirko dépose notre commande.

— *Hvala.* (Merci.)

On regarde les morceaux de viande hachée qui baignent dans la sauce blanche et j'en ai les muscles des mâchoires frémissants. Le tout est accompagné de *paprike* grillés au barbecue. Je me jette sur mon plat sans attendre et j'enfourne deux, trois, cinq morceaux. Mirko patiente à côté de nous. Il me connaît bien maintenant, je viens ici depuis deux étés. Chaque début de soirée, lorsque le mercure commence à descendre sous la barre des quarante degrés, on vient boire une limonade coupée d'un peu de bière, avec ma mère. Il sait que je vis à Paris et il me demande chaque année comment est la ville des Lumières. Je réponds invariablement qu'il y a trop de monde, que les rues sont toutes petites, bien que plus en terre battue, que c'est très pollué et que les taxis parisiens sont des chiens sans manières, toujours de mauvaise humeur et jamais contents de faire leur travail. Il ne me croit pas, bien sûr, certain que là-bas, Paris, c'est le paradis ! Je me tourne alors vers lui la bouche pleine.

— *Odlično, Mirko. Šta da ka je ? Raj je ovde. Tvoja kuhinja ? Božanstvena !* (Parfait, Mirko. Que dis-je ? Le paradis, c'est ici. Ta cuisine ? C'est divin !)

Fier, il nous laisse en amoureux déguster les spécialités du pays. Danie me regarde manger comme un sale gamin et je lis dans ses yeux que je suis toujours bien son p'tit paysan. Elle est arrivée au début du mois d'août et je l'ai trimbalée dans toute la Voïvodine et une grande partie de la Serbie. Elle s'exprime en français, en anglais, en allemand et remarque que, quelle que soit la condition sociale des gens, ils se débrouillent tous, naviguant facilement entre ces trois langues.

Chaque fois que nous rendons visite à des membres de ma famille, nous sommes reçus comme un jeune couple princier, et les cousins (frères), tantes, neveux se plient en quatre pour nous trouver du pain, des œufs frais, le meilleur coucher, comme chez mon oncle Dragan et ma tante Svetlana.

C'est drôle, cette sensation que Danie et moi avons de tout ça. Les gens nous voient comme des êtres à part et s'étonnent lorsque je m'essaie aux blagues bien trempées du coin. Ma mère dit souvent que nous sommes *kulturni* (cultivés), que je suis un *glumac* (comédien) et que Danie est à la Sorbonne qu'a fréquentée un de mes oncles de Belgrade lorsqu'il était jeune étudiant à Paris, avant de devenir rédacteur en chef d'un des plus prestigieux journaux du pays.

Mais, par-dessus tout, lorsque les gens entendent le simple nom de Paris, ou le voient écrit sur un flacon de parfum bon marché, une boîte de maquillage achetés à Barbès, cela suffit à faire naître dans leurs yeux un pur émerveillement. Le glorieux passé de cette capitale de la Révolution, capitale du siècle des Lumières rayonne encore intensément ici en Yougoslavie, et le Français à la langue raffinée, aux belles manières, à la haute couture et allié de l'affreuse Grande Guerre jouit d'une considération sans limites, d'un respect que seuls les Français eux-mêmes semblent ignorer.

Oui, Paris nous ouvre toutes les portes dans ce pays où le nom d'une famille permet mieux de s'orienter que ne saurait le faire celui d'un boulevard ou d'une rue, et la culture de l'accueil du peuple yougoslave, chaleureuse et sincère, s'offre à nous, comme ce raisin laissé dans une coupelle qui trône aux entrées de cour s'offre aux voyageurs de passage que la faim tenaille.

Paris ? C'est la classe internationale d'une grande civilisation dont Danie et moi serions les dignes héritiers. La confusion est grande, le fossé large et l'incompréhension réelle. Nous sommes parfois tentés de leur dire que tout cela va finir, que l'ère des avions et des téléphones laissera bientôt la place à un monde bien moins réel que nos illusions, et qu'il faut profiter des joies simples comme écouter ces musiciens tsiganes qui sont ici de tous les restaurants et qui s'approchent de nous, alors que nous n'en sommes même pas encore au dessert, en susurrant à nos oreilles ce vieil air pour amoureux :

Lepa ruža, ti si moja draga,
Lepa ruža, ti si moja zemlja.

Belle rose, tu es mon amour,
Belle rose, tu es ma terre.

Les mousses de l'Est

— Phérial ? Phérial ?

J'attrape Danie à la gorge.

— Ne la touchez pas ! Je vais vous tuer ! Tu es où ? Danie, tu es où ?

Danie, presque étranglée, peine à me répondre :

— Phérial... C'est moi, arrête...

Je la lâche aussitôt.

— Pardon, mon amour ! Pardon, c'était un cauchemar, un affreux cauchemar, on était en pleine guerre, des miliciens voulaient te... On était perdus au milieu des monts...

Danie, assise face à moi, ne bouge pas. Elle passe une main sur mon front en sueur et ses larmes brûlent comme mes mots dans la lumière du soleil qui rayonne au-dessus des Carpates. Je n'ai pas rêvé. La guerre, la mère, Branko, la tombe, *ujak*, *ujna* morts, et la plainte des peuples qui ne cessera de résonner à nos oreilles.

Je n'ai pas rêvé. Je reprends mes esprits.

— Phérial ?

— Oui, Danie.

— Branko est parti. Il a laissé son sac et ce petit mot.

Je reconnais le papier dont les bouchers se servent pour enrober les victuailles. Danie me le tend.

Je traduis l'écriture tremblante :

Brate moj (Mon frère), je vais retrouver les assassins. Je ne la reverrai pas... Tu entends, brate ? Jamais plus ! Je dois aller la venger. Majka je majka ! *(La mère c'est la mère !)*

Je chiffonne le papier gras et le jette au loin. J'ouvre le sac laissé près de nos valises par ce frère en fuite. Du salami hongrois et, dans une boîte en plastique, du fromage, le fameux *kajmak*. Une carte de l'Europe aussi. Danie sort un tee-shirt de notre valise et dresse comme une petite table. On se restaure au son des oiseaux. On pourrait presque se croire chez nous, en vacances, dans une de ces belles forêts de montagne.

Je pense à Branko. Alors, il est parti en guerre ?

Je pense encore : c'est son combat maintenant. Oui, c'est devenu personnel. Chaque individu de cet atroce conflit veut donc se venger de son voisin ? Est-ce là la véritable origine des conflits sur terre ? Se résument-ils tous à : Ta tête ne me revient pas. Toi, tu as violé ma sœur et, toi, tu es le fils de l'ordure qui a tué mon grand-père et vous allez mourir sans que votre Dieu n'y puisse rien faire. Ensuite, je découperai le sommet de votre crâne pour en extraire votre âme et que jamais le paradis ne vous atteigne. Mourez ! Mourez tous comme les chiens qu'ont été les parents des parents de vos parents, dans la douleur de toute ma haine !

Le salami ne passe plus et Danie me regarde, pressentant ce qui va arriver. Je délire :

— Reviens, Branko !

Ça hurle dans ma tête :

« Je ne sais pas ce que c'est que de perdre sa mère pour toujours, mais j'aimerais te raconter comme je sais ce que c'est que d'en retrouver une. Tu sais, c'est une belle chose, c'est le voyage des petits hommes qui savent regarder les étoiles en temps de paix comme en temps de guerre. Cela vaut tous les trésors, Branko, tous les trésors enfouis au creux de la terre, au fond des mers. Oh, Branko ! J'aimerais te raconter d'autres histoires, j'aimerais te voir auprès de nous, j'aimerais que tu sois de ma famille puisque ma famille je la choisis. Je vois, Branko mon frère, des filialités, la démence… Nuit après nuit, elle s'entremêle dans le cœur des hommes et l'amour se perd au combat au lieu d'aller croître comme l'univers. »

— Danie…

— Je sais, mon…

Avant de perdre connaissance, j'aperçois quelques feuilles, quelques mousses, quelques terres, de-ci, de-là, éparses sur son bandage, et je crois que c'est un être magique qui me reçoit dans ses bras.

Enfin il est là, celui qui m'est apparu si souvent lorsque enfant, face aux situations insupportables, cruelles, injustes, je m'évanouissais. Il n'a pas changé, sa peau est toujours aussi fripée, son teint blanc et ses cheveux plus blancs encore. C'est mon vieux moi, qui me tend à présent le papier gras chiffonné sur lequel est écrit :

Sous le bois,
Craquements,
Les vivants disparus.

Le vertige

Danie se tient sur la branche en face de moi. Nous sommes perchés ainsi à une dizaine de mètres du sol et cela fait plus d'une heure que je suis dans ce cerisier de malheur. La nuit tombe. Ça sent la lose. Je ne bouge pas, figé, coincé, blanc comme un linge.

— Attrape ma main.

Danie et moi, cela fait presque dix ans que nous sommes amoureux.

— Je ne peux pas.

— Mais si tu peux.

— Non, j'ai peur !

— Je sais que tu as peur et je m'en fiche. Ne fais pas l'idiot, attrape ma main.

— Je suis idiot, je n'ai pas besoin de le faire.

Je me souviens parfaitement de notre rencontre. Elle, sublime au-dessus de nos jeunesses furieuses. Moi, anéanti par l'odeur de l'herbe, de l'alcool et le bruit incessant. Premier baiser sur ses lèvres délicates, la trouille au ventre, noyé dans la nuit tout entière. Et je sais comme elle connaît mes peurs. Toutes mes peurs, depuis le début, ni jugé, ni raillé. La confiance jamais altérée.

— Mais non, tu n'es pas idiot.

— Mais si, la preuve, je monte et si haut, alors que j'ai le vertige.

— Bon, mon idiot, il va quand même falloir redescendre. Allez, attrape ma main, *now* ! Phérial, si tu me donnes ta main, arrivés en bas, je te demande en mariage !

— Tu mens !

— Je ne mens jamais.

— Tu mens toujours, mais je t'aime quand même.

Tout juste dix-huit ans et j'avais souhaité l'avenir avec elle, rien qu'avec elle, parlé d'enfants aussi. Au son d'« enfants », Danie avait fondu et abattu sur moi tous ses foudres. Elle répétait que je ne savais pas de quoi je parlais et moi je riais en me protégeant à peine des coups qu'elle me donnait, sentant que derrière ce jeu de cache-cache fait de baisers et de désirs sincères se dissimulaient nos peurs.

— J'aurais jamais dû grimper.

— On s'en fiche, Phérial, maintenant que c'est fait.

— Je voulais seulement te cueillir des cerises. Mon oncle m'a dit que c'étaient les meilleures de toute la Yougoslavie.

— Quel baratineur, ton oncle, c'est bien un Yougo. Phérial, regarde-moi.

— Oui.

— Chante-moi une chanson.

— Une chanson ?

— Oui, une chanson.

— Je chante pour qui, pour toi ?

— Pour moi et toutes les cerises de ton pays.

Ainsi, sa main dans la mienne, Danie et moi redescendons doucement de l'arbre. Une fois à terre, à genoux, je la demande en mariage. Elle refuse en m'embrassant et, sur le chemin du retour, délivré de ma peur, je lance le dernier couplet de ma petite chanson improvisée qui parle des pleurs qui n'ont pas d'âge, des cœurs vacillants et de l'amour que j'ai pour elle dans la nuit éclatante d'étoiles illuminées.

La grande forêt

Chacun de nos pas laisse une trace sur la terre mouillée des petits matins.

Durcissant au soleil, disparaissant tout de même par endroits, une à une, empreinte après empreinte, chacune, aussi petite soit-elle, constitue une avancée parmi les fleurs et les animaux sauvages. Perchés sur les branches, redevenus chasseurs-cueilleurs, l'homme et la femme que nous sommes, sans armes, fuient les troubles et les sangs, ce qui est, aussi petite soit-elle, une avancée considérable.

Danie trempe ses mains dans la rivière qui serpente et rafraîchit ses joues blanches. Cette eau nous vient du sommet des montagnes dont j'aperçois, entre deux branchages, les chapeaux de neiges finissantes. Les baies rouges, on s'en méfie, les baies vertes, on les goûte avec précaution, et les noires me rappellent les prunelles âcres de mon enfance. Ici, on apprend, à l'épreuve de la prudence et des difficultés, à se nourrir. On sillonne cette nature gigantesque au calme, au froid, et on se lève dans les rayons glorieux d'un soleil toujours charitable.

Danie retrouve force et santé peu à peu. Je la protège autant qu'elle me protège. Aucun rôle n'est dédié par avance et chaque jour invente d'imprévisibles certitudes. On improvise à la manière des premiers hommes, sentant exactement ce que l'on doit faire, ce qu'il nous faut faire pour la vie de l'un et de l'autre, partageant nos rêves et nos terreurs au fil du temps que nous sentons à peine sur nos peaux fragiles et vivantes. Moments uniques de notre existence. Associant odeurs et couleurs, nous devenons cuisiniers experts des montagnes ou chasseurs patients et respectueux de ce que nous offre, ou ne nous offre pas, la beauté de ces lieux gardiens de nourritures célestes. Les croyances varient au gré des vents et des changements de lumière. Chaque instant laisse apparaître des forces millénaires qui nous envahissent. Découvrant la terre et ses richesses enfouies, nous levons nos yeux vers le ciel et, chaque soir, nous revoyons nos maigres efforts briller dans les étoiles.

Danie enlève son bandage. J'inspecte la plaie. Elle s'est refermée, entièrement guérie.

Nous faisons l'amour sous les sapins.

Enfin, valises en main, comme échappés des entrailles de la grande forêt, nous descendons une vallée verte qui nous mène aux lueurs d'un tout petit village. Endormi, il laisse échapper des fumées blanches qui se confondent dans la brume épaisse.

Aucune bombe ici, aucune masure calcinée par les flammes, pas de femmes agenouillées hurlant leur douleur, pas d'enfants au regard fou, pas d'hommes armés d'un fusil qui enjambent les cadavres comme un ogre les montagnes. C'est calme, paisible. Les premiers villageois découvrent les étrangers que nous sommes et nous offrent un thé chaud et du fromage frais. Nous avons rejoint la Hongrie. Je ne comprends pas un mot et c'est Danie qui parle, en anglais, avec le maire du village. Quelques heures encore et nous voilà assis dans un bus qui fait bien plus de bruit qu'il n'avance. Sillonnant les routes de terre, on rejoint tout doucement la capitale hongroise.

On fonce au consulat. À la fin de notre récit de cette guerre sauvage des Balkans, des tortures qui se dispensent là-bas aussi aisément que les nuages dispensent grêles et foudre, le consul fin et bon a fondu en larmes.

Danie s'est levée et, avant de quitter le grand bureau, elle a ajouté :

— Nous ne pouvions rien faire. Nous avons fui. Nous ne pouvions rien faire. Nous ne sommes pas des lâches, non, simplement nous n'étions pas préparés à ça et c'est tout. Je n'ai pas été élevée, monsieur, en pensant sans cesse que mon voisin est une ordure potentielle. Je n'ai pas plus de méfiance que de désir de me venger. Je suis une femme qui respire la vie comme les arbres montent vers la lumière pour grandir. Nous ne sommes pas des lâches. Pourrions-nous, ici, nous laver, monsieur le consul ?

— Mais bien entendu, mais bien sûr… Prenez le temps qu'il vous faudra. Je vais vous faire rapatrier.

— Est-il possible de passer par Francfort ? Ma mère y vit. Je dois lui annoncer de mauvaises nouvelles et je ne souhaite pas le faire par téléphone…

— Oui, je comprends. Cela ne pose aucun problème.

Sous l'eau chaude de nos cités civilisées, Danie savonne mon dos tandis que je la presse contre moi, les larmes coulent. Nos corps n'oublieront jamais les calamités.

Plus tard, elle appelle sa famille.

Cela fait longtemps que nous sommes ensemble, Danie et moi, et j'ai toujours évité de rencontrer ses parents. Ils ne m'ont vu à aucune fête, pas plus qu'aux anniversaires, aucun déjeuner du dimanche. Rien. Parce que, pour l'ex-orphelin que je suis, la famille, en général, je m'en méfie. Alors, celle des autres… Je fuis les embrassades, les accolades et les phrases telles que « Tu es de la famille, maintenant ! » me glacent le sang, au-delà de tout raisonnement. Inextricable méfiance vissée dans mes tripes, espace vital sans compromis. Danie l'a toujours respecté, jusqu'à ce jour.

Une fois le téléphone raccroché, elle me dit, sans me regarder :

— Ils t'embrassent, heureux qu'ils sont de me savoir et de te savoir en vie.

Je me tais. Elle lève les yeux vers moi.

— Tu viendras les voir, une fois ?

— D'accord, Danie, au moins une fois.

Je ne peux plus lui refuser, je n'en ai plus la force ni l'envie. Trop de cadavres derrière nous et une vie précieuse devant nous. Le calcul est simple, rapide. Je choisis la vie.

Sur le quai de la gare de Budapest, un diplomate nous adresse un signe amical avec la certitude de continuer à faire ce qui doit être fait pour que le bien triomphe du mal. Propres, restaurés, confortablement assis dans le train, nous répondons au salut de ce petit homme qui s'éloigne. En route pour chez nous, heureux quand même d'avoir un jour de plus pour découvrir la nuit, pour découvrir si, dans le ciel, elles sont toujours là.

Sous la lumière

Lalé a allumé un feu dans la cour. On va faire rôtir le cochon. Assis dans une balancelle, je me laisse envahir par la lumière. Elle passe en de minces faisceaux entre les espaces d'une vieille treille. Ces particules, lorsqu'elles sont dosées, filtrées, me font un bien énorme. J'aime, depuis l'enfance, ce qui est tamisé. J'aime la douceur et ceux qui savent approcher délicatement les cœurs.

Ma mère s'assoit près de moi.

— *Gladan si ?* (Tu as faim ?)

— *Da, gladan sam.* (Oui, j'ai faim.)

C'est stupéfiant, dans une journée, le nombre de fois où ma maman me pose cette question. À croire que c'est là son unique souci, me voir manger. À croire que cette inquiétude récurrente favorisera sa réconciliation avec elle-même, avec les erreurs du passé.

Souvent, je me demande ce que cela peut bien lui faire, de se tenir en face de son propre enfant qui a grandi sans elle. Comment se sent-elle, au fond ? Quel est l'état de son cœur ? Bien sûr, elle paraît heureuse que l'on se soit retrouvés. Mais, bien que je sois encore jeune, tout juste vingt-huit ans, je ne suis pas enclin aux leurres. Ma mère, lorsqu'elle s'approche de moi pour s'asseoir ou pour me prendre dans ses bras, je sens bien, sans vraiment pouvoir le décrire exactement, comme le corps et l'âme n'y sont pas. Pas vraiment.

On dirait que cet état ne vient pas tant des erreurs qui l'ont fait naître, mais bien plus du temps écoulé entre l'instant où je fus laissé à l'abandon et ce jour plein de soleil. Oui, le vide nous a habités, elle comme moi, un vide empli d'absence et elle a beau faire, beau dire, le cœur ne bat pas. Pas vraiment.

J'aimerais qu'il en soit autrement, que le conte de fées soit incontestable. J'aimerais que le pardon soit plus efficace. Mais non, le conte de fées n'existe que dans les livres et le pardon ne concerne que soi, car c'est à nous et à nous seuls que nous pardonnons. L'autre fera comme il pourra, comme il voudra.

Je l'observe et la tristesse d'une femme vieille qui n'ose se retourner en arrière m'envahit. Peut-être est-ce seulement mon délire, ma peur à moi ? Cette peur toujours si forte, si présente d'être à nouveau abandonné, qui me fait voir tout de travers, qui fait que la lumière, les joies parfois sont tout simplement insupportables.

Maman se lève et va me chercher un couvert.

Danie en profite pour se lover contre moi. Je reviens sur terre et oublie un instant tout cela. Je me cache dans le bonheur. Après tout, le bonheur c'est certainement fait pour ça : se cacher, se croire bêtement protégé, inatteignable, serein et naïf tout à la fois. Tant pis pour les cauchemars, les visions destructrices, les complots, les meurtres en devenir, les horreurs et tout ce lot de cruautés que la vie ne cesse de laisser s'exprimer.

Je mords à pleines dents dans le cochon grillé, c'est succulent et les bouteilles de bière s'entrechoquent à la santé de Danie dont c'est l'anniversaire. Je sors de ma poche le cadeau le plus attendu qui soit, une bague en argent sertie d'une améthyste, dans un écrin de soie. M'agenouillant devant ma belle, je lui demande pour la énième fois, dans un serbo-croate impeccable :

— Veux-tu être ma femme ?

Tout le monde en reste baba et chacun attend sa réaction. Danie ne répondant pas, j'ajoute en français cette fois-ci :

— Veux-tu des enfants ? Une voiture ? Une maison ? Un chien ?

— D'accord pour le chien et la voiture. Le reste, on verra !

Les bières dansent de plus belle, et mon frère et mes oncles soulèvent Danie dans les airs, qui rit aux éclats.

Les arbres

La veilleuse du train m'apaise. Danie dort dans mes bras. Mon visage se réfléchit dans la vitre, et derrière, dans le noir, toute une nature s'agite.

Nous arriverons dans quelques heures à Francfort. Mais chut, pas d'inquiétude, ma bien-aimée, ta tête sera bientôt guérie, toi qui me serrais tout contre toi dans ces gares désertes peuplées de bancs peints d'un vert passé, mangés par les brûlantes froidures des saisons éternelles.

Ne te réveille pas, mon amour. Le train défile et ceux qui me saluaient dans ma profonde enfance sont toujours là.

— Regarde !

J'ouvre la fenêtre.

— N'est-ce pas que vous savez ? Regarde, Danie ! Ils n'ont pas peur lorsque nous les frôlons de nos terribles machines, ils ne s'effraient point. Nous avons vu la guerre ! Rages et colères en fureur et nous avons placé, au milieu des éclats, notre cœur. Il y en a eu, d'autres combats, ici, là-bas, sous des ciels plus chauds encore, les premiers qu'on a vu défiler sur nos écrans. Nous avions imaginé que les malheurs des vies qui s'éteignaient dans la lumière meurtrière n'étaient que de simples feux d'artifice, nous qui n'avions jamais vu, depuis plus de cinquante ans, de telles barbaries. Naïfs que nous sommes, nous avons déposé notre cœur, mes amis, il faut nous croire, notre cœur tout entier. Comme si cela pouvait y faire quelque chose. Idiots ! Espérant qu'ainsi tout allait changer. Rien du tout. Stupides ! Rien du tout. De l'Oural à l'Irak, pas une bombe n'a manqué d'éclater. Alors, nous avons pleuré comme des enfants pris au piège. Et les plus cyniques, les plus impuissants, c'est vrai, ont souhaité du brasier même retirer leurs cœurs calcinés. Mais vous, mes arbres, vous qui pliez sur notre passage en n'ayant que faire de nos vitesses mortelles, pardonnez-nous et, dites-moi, depuis si longtemps, qu'avez-vous vu, au loin, partout, là-bas ?

Danie s'est levée. Son bandage flotte par la fenêtre. Elle crie avec moi :

— Nous allons retrouver notre pays, la vie de gens paisibles et les souvenirs atroces de nos frères en guerre s'estomperont dans le néant de l'univers.

— Oui ! Elle a raison, ma fiancée ! Petits navires amarrés à des rivages incertains, nous nous multiplierons dans le clapotis des flots incessants et pousserons nos frêles embarcations vers le large, de nous encore ignoré. Ainsi, voyageant, nous apprendrons à annoncer toute naissance sous la bannière des lumières, des airs et des vents. Et que nos existences, comme des miroirs, reflètent ceux qui habitent le ciel, eux qui dessinent sans relâche les cartes qui éprouveront nos désirs fougueux d'explorateurs d'inconnu.

— Ne l'écoutez pas, il dit n'importe quoi. Il a toujours su dire n'importe quoi ! Arbres ! Ne l'écoutez pas ! Il est fêlé, mon paysan !

— Oui, paysan ou rat des champs ! Mais qu'est-ce que je vous aime, arbres chéris !

Une branche me fouette le visage, le sang coule et Danie remonte la vitre.

On s'embrasse comme des dingues, on se déshabille là, et nos peurs s'échappent comme les fumées des cheminées juste avant d'être saisies par le glacial hiver.

Je m'assoupis. Le sommeil nous emporte.

Au loin, quelques éclairs puis la pluie.

Au cimetière

— Je t'ai déjà raconté que j'avais fait de la prison ?

Danie me scrute avec attention, j'ai dû le lui dire à peu près un million de fois. Je prononce chacun de mes mots avec détachement, voulant leur donner un semblant de douceur. Danie me connaît par cœur et ma façon de faire me donne plutôt l'air d'un psychopathe qui soliloque dans un cimetière. Elle s'approche et m'embrasse. Elle sait la colère que je dissimule.

— Tu veux t'asseoir ?

— Non. En prison, j'ai beaucoup pensé à mon père. Va savoir pourquoi. Sans doute à cause de ce vieil alcoolo qui, à chaque promenade, se tapait une crise d'épilepsie. Je l'appelais l'infirme. Et le voir souffrir ainsi réveillait une impression terrible en moi : mon père devait sûrement ressembler à ça.

— Et aujourd'hui ?

— Aujourd'hui… je dirais, un père pas là.

— Tu ne veux pas t'asseoir ?

— Si, si, je me sens fatigué.

On s'assoit tous les deux sur la tombe. Sur la pierre, pas une fleur, pas une épitaphe du style « À notre père bien-aimé », « À mon tendre mari », « À notre regretté ami ». Rien que ce rectangle gris sur lequel sont gravés un nom et un prénom, le tout surmonté d'une croix, et ma colère sourde qui monte.

— Tu sais pourquoi je pense à la prison, à cet infirme, aujourd'hui ?

— Non, Phérial, mais toi, oui ?

— Je me sens exactement comme lorsque j'étais derrière les barreaux. Aussi vide qu'un coup de vent dans l'univers. Vide, Danie, vide, plus de sang au cœur. Aussi froid que lorsque je voyais ce vieil homme baver à terre. Et si j'avais toujours un mouchoir pour lui, l'infirme, c'était pour l'empêcher de se faire plus de mal encore, car ma souffrance ne prenait fin qu'une fois la sienne terminée.

Danie passe son bras autour de mon cou.

— C'est insupportable d'être sur la tombe de son père en plein été et de se sentir comme ça, gelé, comme si un hiver entier vivait en moi. Je suis fou, Danie ?

— Non.

— Je suis ignoble, alors ?

— Non plus.

— Je ne comprends rien, Danie. Pas une larme, pas la moindre petite chose, la moindre tristesse.

Je retire doucement son bras.

— Qu'est-ce que tu fais avec un être comme moi ?

— Je me dis souvent la même chose. Qu'est-ce qu'un Phérial Chpapjik comme toi peut bien faire avec une Danie de rien du tout comme moi ?

— Je t'aime, Danie.

— Ah bon ?

— Je t'aime, Danie, et j'ai envie de tout casser.

— Casse tout alors. Il n'y a que des morts ici. Personne ne dira rien, personne ne t'en voudra, et tu ne retourneras pas en prison.

En larmes, j'éclate de rire. Je suis plié en deux, même, et Danie aussi.

C'est bien étrange entre nous, encore faits de chair et d'os, et eux, les morts. À la fin de la journée, on a fini par décamper et j'ai vu Danie piquer un pot de fleurs sur la tombe d'à côté et le déposer sur celle de mon je ne sais trop qui, je ne sais trop quoi de père enterré. J'ai laissé faire.

Au retour, on a filé se faire lécher les pieds par le Danube en regardant le soleil se coucher et Belgrade s'est illuminée. Un court instant, vivants comme jamais, on a nagé dans le pur bonheur, Danie et moi.

Sur la pierre, allongée, femme brûlante et l'été qui se perd…

Triangle doux et féroce, d'où jaillit ton néant.

Rêves sauvages à la clarté des étoiles.

Retour chez maman

À l'appartement, maman, fébrile, me demande des nouvelles de là-bas et je dois maintenant lui annoncer la mort d'*ujak* et d'*ujna*.

— C'était la folie, maman. Une bombe est tombée près de l'immeuble de Dragan. Ils sont morts dans le souffle. Les gens couraient, hurlaient, pleurant leurs enfants étendus, leurs proches en morceaux. On a fui, Danie et moi, on est partis sans dire au revoir, sans force pour ensevelir les nôtres, sans prières, sans rien d'humain. La peur, maman, la peur comme unique compagne. On a pris la fuite dans les forêts, loin dans les pays alentour, Roumanie, Hongrie, et puis ici, chez toi, en sécurité, en vie. Maman, je les ai vus côte à côte, le visage en sang, les cheveux dans l'herbe, s'entremêlant. Maman, ils ne sont plus. C'est fini. Maman, je ne retourne pas dans ce pays de feux et de fous. Je resterai ici et toi aussi. Pas de place pour les vieux, les jeunes, la vie dans ce pays livré à la vengeance, à la destruction, à la mort.

— *Svinje !* (Les porcs !) a simplement maugréé ma mère.

Danie s'est blottie contre moi et nous sommes restés un long moment ainsi à la mémoire de Dragan et Svetlana, morts sans bruit dans leur profond sommeil.

Elle attendra la fin de la guerre. Elle retrouvera leurs corps. Il y aura une tombe, un pope et quelques voisins. On fera la prière. On se sentira dignes de nos morts tout à coup, car le soleil réchauffera nos mains jointes et nos larmes transies.

Ma mère nous a servi le thé et le café, et nous n'avons même pas remarqué que le Risiko à la télé ne nous faisait plus rigoler. Danie est partie se coucher la première et ma mère s'est tout doucement confiée.

Elle évoque pêle-mêle ses souvenirs de jeunesse en Yougoslavie, au son des bottes nazies qui claquaient dans la nuit, des trahisons, des voisins volatilisés sans plus d'explication, et se félicite, entre deux regards perdus dans le passé, d'avoir fui, et la violence de sa condition de femme au mariage arrangé, et toute cette machine de mort à venir qui grondait dans les cœurs meurtris des enfants des guerres d'autrefois. Elle sait l'horreur du charnier nourri des haines inassouvies par manque de pardon prononcé et comprend qu'aux jours des victoires succèdent ceux des défaites. Dans ce pays qui vole en éclats, naissent encore des dictateurs près des saules en pleurs qui trempent leurs feuillages dans le grand Danube rouge sang. Me revient Mémé Juliette et ses terribles avertissements. Trois générations qui confirment le cercle infernal.

La télécommande dans la main, elle a appuyé sur off comme si tout pouvait ainsi s'arrêter. Je l'ai aidée à déplier le canapé. Sa main sur mon front, elle m'a dit :

— Ce n'est pas grave, mon fils. Vous avez bien fait de partir. Tu es vivant et Danie aussi. Ce n'est pas grave.

Le lendemain, nous nous rendons, Danie et moi, à l'hôpital. Ma mère nous accompagne, elle traduira. Radios et autres examens sont faits puis l'attente et, enfin, le soulagement : Danie va bien. Sous les bombes, le travail a été plutôt bien réalisé même si elle doit rester sous surveillance. Un éclat, un tout petit bout de métal est toujours là et il ne faut pas qu'il bouge, il ne faut pas qu'il touche la matière grise, il faut vivre avec, comme on vit avec les mauvais souvenirs, en l'oubliant sans l'oublier.

La fumée et le vent

Cela fait près de dix ans que je viens régulièrement en Yougoslavie. Chaque fois, quelque chose change dans ce pays, quelque chose d'infime qui semble rendre l'été suivant plus enflammé que le précédent.

Ma mère est allongée sur le canapé drapé de couvertures bon marché. Dehors, le soleil est déjà haut.

Elle fume une Marlboro.

Plus tard, on sortira les cartouches, le café et des médicaments périmés qu'on distribuera aux amis de la famille, aux voisins. Mais pour le moment, nous ne sommes que tous les deux.

C'est rare, en Yougoslavie, de n'être que tous les deux. Parce que, ici, dans les maisons grandes ouvertes, il y a toujours des amis de la famille, des voisins, des avenirs à lire dans les cartes…

Elle semble tranquille, ma maman, elle souffle la fumée par la fenêtre tandis que moi, je me pose un tas de questions.

A-t-elle été heureuse de vivre sans moi pendant si longtemps ? Et mon père, ce grand inconnu, comment était-il avec elle ? Elle m'a dit que c'était l'amour de sa vie ! C'est quoi un amour pour la vie qui n'a pas pu élever son enfant ?

Je sais bien que rien n'est aussi simple qu'on le prétend. Mais voilà, cette histoire, son histoire, mon histoire m'apparaissent comme un conte sans fées aux complications infinies. Je ne peux rien vérifier de ce qu'elle m'a dit, de son désir de me garder malgré ma toute petite taille, si grand prématuré, quelques grammes de cœur, de vie, qu'elle n'avait pas du tout le droit, m'a-t-elle dit, de toucher ni d'embrasser. L'expulsion de mon père du territoire français, lui, gangster de l'Est, n'a rien arrangé, et les difficultés de la langue et tant de choses, tant de travers, non plus.

Et si rien de tout cela n'était vrai ?

Si elle n'avait tout simplement plus eu, le jour de ma naissance, le désir d'être mère ?

Personne n'a envie de sentir un canon près de sa tempe.

Pas un enfant ne veut entendre de sa maman qu'il n'est ni souhaité ni le bienvenu.

Difficile d'aller plus loin, au-delà des illusions. Les illusions nous sont vitales dans bien des cas, tel mirage sauvera peut-être le voyageur égaré de la fournaise du désert, tel reflet furtif dans un ciel aux rares étoiles guidera le navigateur solitaire vers la terre ferme. Alors, peut-être que oui, je préfère, pour le moment, me poser des questions en rêvant uniquement des réponses gentilles, douces, appropriées...

Je préfère croire que rien n'est simple, que les excuses valent autant que les faits.

Ce qui est faux, que l'on aime ou que l'on n'aime pas.

Je m'avance vers elle, passe ma main dans ses cheveux. Elle ne dit rien, ma mère. Elle expulse toujours sa fumée de cigarette au vent chaud des Balkans.

Et j'entrevois alors comme les illusions finiront peut-être, elles aussi, en fumée, prises dans le vent brûlant.

Désintégrées.

Francfort-Paris en une semaine

Sur la chaise, en boule, l'animal semble paisible malgré les allées et venues de la clientèle. Je suis fasciné. Son poil gris et blanc est soyeux. De temps à autre, il bâille et je peux voir sa petite langue rose prendre l'air. Ça doit être le chat des patrons. Maintenant il fait sa toilette, il lustre son poil avec une telle élégance, ce chat, et il mordille la puce qui tente de fuir devant ses crocs avec une férocité féline. Je suis cloué et Danie aussi. On l'observe depuis vingt minutes en buvant Coca sur Coca.

— Ah tiens, t'as vu, Danie ?

— Oui. Il s'est arrêté net. Tu as vu quoi, petit chat ?

L'oreille dressée, à l'affût, comme s'il avait entendu quelque chose que l'on ne voit pas encore mais qui ne saurait tarder à arriver, il ne bouge plus et son regard, terriblement présent, reste fixe, profond. Danie et moi on est hypnotisés par cette bête magnifique, on regarde au loin, naïvement, quelque chose qui est là, mais quoi, on n'en sait rien.

Main dans la main, assis au bar, on ne décoince pas, pris par un reportage animalier qui se tournerait sous nos yeux. On n'a jamais, ni elle ni moi, particulièrement fait attention aux animaux auparavant. On s'en fichait même carrément des chiens, des fourmis, et, à Paris, on a tué des milliers de cafards à coups de savate ou de Folio...

Mais là, je ne sais pas, depuis qu'on est de retour, on aime même les mouches qui restent coincées dans notre voiture de location. On fait tout pour les remettre à l'air libre, ponctuant l'effort par des « Allez, ma belle ! Allez, vas-y, tu peux le faire ! Allez, vole ! » Deux vrais imbéciles à cent trente à l'heure...

Quand on s'arrête, on admire les parterres de fleurs de chaque aire d'autoroute, bluffés par les couleurs. On fume nos clopes en attendant le coucher de soleil. On se paie un Formule 1 et on se marre d'entendre les voisins prendre du bon temps.

On rentre à Paris, et ce voyage on le veut interminable, on prend notre temps pour tout, pour rien. Tout est sans importance. On se sent si bien, on profite, car ici, en France, ça sent toujours la liberté.

Dans la cafèt' de l'autoroute, la cafèt' du chat, il y a des guirlandes de lumières au-dessus des bouteilles d'alcool, et ça clignote en plein jour comme un soir de Noël. C'est vraiment bon. Les gens râlent pour la pompe qui est en panne, pour l'essence trop chère, pour la route qui reste à faire avec tous les gosses bruyants à l'arrière. Nous, on sourit, on est béats, loin des voix hurlantes des Balkans. On décolle du chat et on reprend notre chemin.

Transformés, plus comme avant, avec la sensation que personne ne nous croira si on se met à raconter maman au châle, l'oncle et la tante étendus dans l'herbe au pied de l'immeuble éventré, le sifflement des balles, les prêtres qui bénissent les chars, les villages rasés, épurés, fantomatiques, les flammes au-delà du ciel. Alors, peut-être se taira-t-on, peut-être vaut-il mieux porter son attention sur les abeilles, les sapins géants et la saison des amours au bord des mares et des étangs.

On a mis un temps incalculable avant de retrouver notre appartement de Barbès.

La promesse

Bras dessus, bras dessous, au petit matin, nous voici dans la rue des parents de Danie, la rue Youri-Gagarine. On stoppe devant la maison de son enfance et Danie me lance :

— Ça va ? Tu te sens toujours pour le repas ?

Je regarde la baraque. C'est une petite maison en pierre de meulière, comme il y en a tant en banlieue, dont les murs intérieurs sont en mâchefer et même, si on les casse, on peut y trouver des capsules de bière, des clous, des boîtes de conserve, bref tout ce qu'offrait comme trésors de construction la pauvreté de l'après-guerre.

— Je me sens comme Youri.

— Youri ?

— Oui, Youri, le cosmonaute de ta rue. Je me sens comme lui à son départ pour l'espace inconnu. Tu vois, Danie, il est là devant sa fusée, le pas lourd, les boyaux noués, il entre, il décolle, il est plaqué au fauteuil, tremble de partout, il est sûr qu'il va crever. À l'entraînement, c'était facile, comparé à la réalité de son vaisseau spatial qui s'ébranle, qui surchauffe. Il doit bien flipper, le Youri, même s'il n'en dit pas mot à la Terre. Tu imagines, l'épouvante ?

Tout qui se fracasse, parce que la Terre, tu ne t'en échappes pas comme ça. Y a des lois, des physiques, des sciences, des forces obscures qui te retiennent, t'agrippent et le Youri, il déguste, il apprend que ça coûte d'être dans un laboratoire volant. Tu vois, à part ça, tout va bien, mon aimée.

— Waouh, mais t'en sais des choses, mon petit amour, pour quelqu'un dont l'école n'a pas voulu. Sur les lois, la physique, la théorie des cordes… Il ne te reste plus qu'à parfaire tes connaissances sur l'amour.

Je veux protester mais elle prend mon visage entre ses mains, m'attire doucement vers ses lèvres et fait entrer dans mon corps glacé d'astronaute cloué au sol sa chaleur tout en m'entraînant imperceptiblement jusqu'au perron de la maison familiale. La porte s'ouvre, sa mère baisse aussitôt les yeux en souriant et nous invite à entrer en s'éclipsant, car Danie savoure encore notre baiser.

— Tu te sens mieux ?

— Beaucoup mieux !

— Allez, viens manger.

Danie referme la porte d'entrée et me présente à toutes et à tous, père, mère, cousins, cousines, sœurs et frères, et dans cette joie, cette bonne humeur, je me laisse aller sans me rendre compte à quel point, tout doucement, mon angoisse fond dans la chaleur de cette famille heureuse de manger et de rire ensemble, en toute simplicité. Danie est aux anges. Elle parle de moi, que je suis un comédien, qu'elle m'a vu au théâtre plusieurs fois et dit que je joue comme un dieu. Elle me fait rougir et m'ébranle le cœur, car Danie ne ment jamais et elle sait que je le sais. J'observe chacun d'eux et je lis sur leur visage comme ils sont charmés de voir Danie si amoureuse de son amoureux qui, face à tant de gaieté, reste tout penaud, intimidé.

Plus tard dans la soirée, son père m'offre un cigare et me dit en fixant le ciel :

— Si tu le veux, cette famille est aussi la tienne. Et puis merci de nous avoir ramené Danie des Balkans. Tu comprends, on avait si peur…

Je ne sais pas trop quoi dire, alors je ne réponds rien et je demande s'il a du feu. Il sort de sa poche une grosse boîte d'allumettes à l'ancienne, en fait craquer une et nous fumons tous les deux dans un silence amical.

Ensuite, on regarde les albums et je peux voir ma Danie sur son petit vélo, en Indienne, sa frimousse entourée de mousse blanche dans une grande gamelle en fer qui servait tour à tour de lessiveuse et de salle de bains. Elle est magnifique, Danie. Quelle que soit la photo, qu'elle pleure ou qu'elle rie, elle resplendit. Tous ces instants de vie posés, volés, figés me font un tel effet que je dois me retenir pour ne pas m'évanouir. Ses souvenirs appellent les miens et je m'épuise à vouloir ne rien comparer, je m'efforce ainsi pour ne rien gâcher, voulant goûter à l'harmonie familiale.

Une fois rentrés, nus sous le drap, je confie à mon amoureuse que je me suis senti bien, lié aux siens, devenus presque les miens en une seule soirée. Léger qui, comme Gagarine perché là-haut dans le noir sidéral, flottant dans sa cabine spatiale, regarde, en homme halluciné, de loin, si loin, les étoiles, ses sœurs, ses frères et les merveilles de la Terre.

— Je suis fière de toi ! Mais comme c'est dur, Phérial, ce retour de l'enfer.

— Oui, ma Danie. Il va falloir se réhabituer à tout, comme si de rien n'était.

Elle m'embrasse et s'endort dans la chaleur de mon corps. La lumière éclaire faiblement notre deux-pièces parisien. On s'aime ici. Sur le mur passent des ombres, la mère de Branko et la cime des montagnes des Balkans.

Les images d'enfants

Aujourd'hui, on traîne au lit jusqu'à point d'heure. C'est bon de ne rien faire. On se remet progressivement du périple balkanique. Un soleil timide vient caresser nos pieds à travers la vitre. Danie passe doucement sa main le long de mon torse. Je fixe le plafond tout blanc.

— À quoi penses-tu ?

Je ne réponds pas. Je songe, c'est vrai, mais à quoi ? Rien n'est si précis parfois. En tout cas l'image, même si ma pensée ne suit pas, est assez claire. Un vélo qui roule, deux jambes maigrelettes qui pédalent à toute vitesse, un visage au vent. Plusieurs fois dans la semaine, cette image m'est apparue, sans que je puisse la rattacher à quoi que ce soit, à qui que ce soit. Est-ce que c'est ça, un souvenir d'enfance ? Est-ce que je débloque ? Le contrecoup des Balkans ? Ou alors ce n'est peut-être rien. Une façon inattendue de me faire plaisir, moi qui ne joue pas en ce moment, moi qui ne sais pas de quoi sera fait le mois suivant et si je vais arriver à régler le prochain loyer. Le loyer, cette petite corde qui se desserre pour une journée à peine et qui, aussitôt le chèque envoyé, reprend son implacable étranglement. Je n'arrive pas à savoir.

Mais l'image est assez douce. Il y a des arbres, du vert, de la vitesse et la caresse du vent sur ce jeune corps qui fonce et fonce, droit devant. Je ne m'inquiète pas souvent et n'aime pas inquiéter. Mais ce pédalage, avec ces jambes de freluquet, sans voir qui est sur le vélo ? Curieuse situation ce quelque chose de profond qui se dévoile à toute heure, sans raison particulière. Il résonne dans votre tête, il avance les aiguilles du temps et tout se déroule sous vos yeux, vous, bien allongé, tranquille dans un lit chaud, immobile, sans pouvoir rien y faire. Et hop, une aiguille chasse l'autre et tic-tac, tic-tac sans fin. C'est un réveil étrange pour un jeune homme étrange qui sent que, là derrière, une autre sensation plus forte, plus intense que le temps lui-même, se cache, pour le moment. Je n'ose pas partager ma dinguerie avec Danie. L'image disparaît. Je me tourne vers elle.

— Je ne pense à rien, mon amour.

— Tu mens et si tu mens, je ne suis plus ton amour.

— Oui, c'est vrai, je mens, mais c'est pour mieux ne plus, à l'avenir, vous mentir, mon amour.

— Dis, ton père on le surnommait pas « Jojo l'embrouille » et ta mère « Ginette ne cafte jamais rien » ?

— Hélas ! je vois bien que vous avez percé à jour mon terrible secret. Moi, fils des ennuis et des coups tordus, moi, fils des sentiments jamais révélés, moi, l'enfant au regard fuyant et à la langue sèche ; oui ! Mentir fut la passion tout autant que le vice de mes illustres ancêtres et dans mon sang coule ce terrible mal. C'est pourquoi, mon amour, je réfléchissais s'il serait bien sage d'avoir, avec vous, mon amour, un enfant, au risque que notre rejeton ne se mette à répandre par-delà nos terres des mensonges plus grands encore, plus trompeurs que les miens…

Danie est stupéfaite. Elle voit bien que je ne rigole pas. Je me retourne vers elle, elle ne dit mot et je n'ose pas lui demander ce qu'elle en pense. On se rendort jusque tard dans l'après-midi.

Au réveil, Danie s'habille en silence, dépose un baiser sur mes lèvres et referme sans bruit la porte de l'appartement.

Au-dessus des fumées de cheminée,
Passent les cigognes.
Une année sans enfant.

Le berger de la rue Myrha

Le quartier est en pleine reconstruction. Des immeubles poussent comme des champignons. Je passe par la rue Poissonnière, enfile la rue de Panama et arrive au 5 de la rue Myrha. C'est là, au premier, que vit Guilé. Sur le palier, je prends un temps avant de frapper. L'émotion me gagne. Je sais que je vais laisser ici encore quelques larmes.

Je frappe. Sa voix retentissante vibre derrière la porte :

— *Ko je ?* (Qui c'est ?)

— Phérial.

— Phérial !

Bruit de verres qui s'entrechoquent. Il doit ranger un peu, cacher ses bouteilles. Guilé ouvre sa porte et ce géant de deux mètres pose sa main sur ma tête et me prend avec chaleur dans ses bras.

Sans un mot, on s'assoit sur le lit qui remplit son unique pièce. Juste à côté trône la machine à coudre professionnelle, sur laquelle traînent quantité de patrons, de vêtements en cours de finition. Ici, toujours la même odeur de tabac et d'alcool, toujours la même machine.

— Alors, mon saltimbanque, je ne t'ai pas vu depuis des mois ! Où étais-tu ? Au théâtre ?

Je lui raconte tout du désastre au pays, de la mort de la Yougoslavie, de notre fuite avec Danie. Tout en écoutant mon récit, Guilé fume cigarette sur cigarette, il fouille parmi ses cadavres de bouteille et en sort une encore à moitié pleine. Il boit. Lorsque j'ai tout dit, Guilé se lève et remarque, comme si c'était la première fois, qu'à cause des nouvelles constructions il ne voit plus le ciel. Il me demande si je me suis rendu chez ma mère et comment va ma jolie fleur. Je lui réponds que je reviens de Francfort où j'ai dû annoncer à ma mère le décès de son frère et de sa belle-sœur. Je lui confie que j'ai peur pour Danie, à cause de l'éclat dans sa tête, que j'aimerais avoir des enfants avec elle. Guilé se retourne.

— C'est bien, des enfants, c'est bien.

— Mais ça aussi, ça me fait peur, Guilé.

— *Zašto?* (Pourquoi ?)

Son français n'est pas meilleur que depuis notre première rencontre en 1987. Pour ma part, je connais mieux le serbo-croate, mais de là à expliquer dans la langue le vertige que j'éprouve à l'idée d'être père, il y a tout un monde.

— *Ne znam zašto...* (Je ne sais pas pourquoi...)

— Ne t'en fais pas, *Bog zna* (Dieu sait).

Guilé s'inquiète aussi de cette histoire d'éclat. Je lui explique qu'on a fait tous les examens possibles, que tout le monde nous a affirmé qu'il n'y avait aucun problème tant que le bout de métal reste là où il est. Guilé, méfiant, conclut en me disant que les médecins sont tous des imbéciles, que le plus important est que je veille sur elle et que je fasse mon théâtre.

— *Razumeš ?* (Tu comprends ?) Regarde, moi je suis venu ici avec ma femme parce que c'était déjà très dur de vivre au pays. Tu penses que je voulais quitter mes montagnes ? On s'est dit, on va rester cinq ans, dix ans peut-être. Ça fait vingt-cinq ans. Et maintenant ? Le pays est en flammes, impossible de retourner là-bas. *Razumeš ? Tvoja princeza i tvoj san* (Ta princesse et ton rêve), mon petit saltimbanque !

Je ne l'avais jamais vu aussi dépité. Il revient s'asseoir près de moi, me tend sa bouteille, se ravise, se souvenant que je ne bois pas. *Razumem, razumem* (Je comprends, je comprends), il aimerait tant retourner au pays, mon géant, être à nouveau le berger qu'il était autrefois. Mais voilà, la vie, la guerre, le temps vont faire que ce désir ne restera qu'un souvenir d'enfant. Guilé, l'œil brillant, se détourne, mais à mon tour, comme lui dix ans plus tôt, je le prends dans mes bras et il sent le dieu qui bat en moi.

Ainsi va la vie

— Assieds-toi. Tu veux un Coca ?

Elle fait signe. Le serveur approche.

— Un Coca et un déca, s'il vous plaît.

Le serveur acquiesce en faisant la tronche comme si être hélé pour prendre une commande ne faisait pas partie du travail. Il revient dix minutes plus tard avec la même moue, balance nos boissons et, en regardant au loin, annonce l'addition en ajoutant :

— Payable de suite, je suis en fin de service.

Danie sort doucement un billet de sa poche qu'elle dépose sur la table. Le garçon s'empresse de ramasser le pognon mais Danie le bloque subitement en plaquant sa main sur la sienne, et, lui tordant ainsi le poignet, elle oblige Monsieur de Mauvaise Humeur à se baisser, à s'asseoir même à notre table.

— C'est vrai, nous sommes à Paris ici et c'est sans doute un privilège que de pouvoir s'offrir un café dans une ville pareille. Mais es-tu obligé pour autant de me sortir ta tête de celui qui méprise et le travail qu'il fait, et les gens avec qui il bosse ? T'es pas obligé non plus de rire aux éclats parce que, c'est vrai, quoi, des mots comme

« Coca », « déca » n'ont rien de marrant et ça, ça n'aide pas à la joie. Et puis tu vois, moi en ce moment, je ne me sens pas très bien. Je me sens triste. Je reviens d'un pays où les êtres humains mangent leurs prochains, je suis avec un petit mec que j'aime comme une fondue, un petit mec qui veut me faire la totale, le mariage, les gosses, l'amour, la vie, la vieillesse, les petits-enfants, le grand jeu, quoi ! Et toi, avec ta merde dans le cœur, ton regard suffisant, ton air de dire « Regardez-moi, demandez-moi ce que vous souhaitez, je m'en tape, parce que en fait, je ne suis pas celui que vous croyez. Je suis tout autre, un artiste sans doute, un écrivain, tiens. Un de ces grands hommes qui, pour se sustenter, sont obligés de faire un petit job qui paie les factures en attendant que des jours plus heureux arrivent. Ah oui, c'est pas rien que de vouloir rendre compte au plus juste du monde tel qu'il est en ajoutant tout de même sa *touch* personnelle, que tout ça sonne fort, comme le cœur d'un enfant qui bat ». Tu sais comme ça sonne fort, un cœur d'enfant, toi ?

Le serveur répond, atterré :

— Non, mademoiselle, je ne sais pas. Je ne crois pas.

— Alors, je m'excuse, tu n'es pas celui que je viens de dépeindre, tu n'es pas celui qui écrit l'histoire des hommes, t'es un serveur et il n'y a vraiment pas de mal à ça, n'est-ce pas, l'ami ? Tu es dans la vie, tu bosses comme tout le monde, t'es fatigué le soir, malheureux le lundi, heureux le samedi. Tu vas peut-être pouvoir m'aider vraiment, sur ce coup-là ? J'en appelle à ton cœur, mon ami qui ne fait plus la gueule, qui sent comme ma main n'écrase pas la sienne. Au contraire, elle te broie par amour, par considération. Dis-moi, gentil garçon de café, dois-je avoir des enfants avec mon bel amoureux ou dois-je fuir à toutes jambes, car dans ma tête, un petit bout de métal se promène et s'il lui prend de toucher une membrane, de voyager là où se logent les images d'autrefois, puis dans l'espace de l'excitation, pour finir aux commandes de la marche, du langage, pour moi la vie se résumera à évoluer comme une courgette au milieu des chardons et des pissenlits ? Tu saisis maintenant la difficulté de mon questionnement ? Tu sens comme on est loin d'« un Coca, s'il vous plaît » ?

Danie enlève sa main. Le serveur ne bouge plus.

Elle tourne la tête vers moi et je vois ses yeux partir, tomber même, sur sa gauche. Elle se renverse de sa chaise et voilà qu'elle tremble de partout, au sol, sur le carrelage froid. Je saute par-dessus la table, la positionne sur le côté, torsade une serviette en papier et la colle comme je peux entre ses dents. Elle écume, ma Danie, elle bave tant et plus et ses yeux sont toujours sur la gauche, vers le haut aussi et vers le bas. Une folie oculaire l'envahit et je hurle qu'on appelle les pompiers. Le serveur s'évanouit.

Quelques instants plus tard, nous sommes aux urgences. Je décris les faits : tombée à la renverse, les yeux, la bave, les Balkans. Ils l'emmènent sur un lit roulant.

Le vide, le vide incommensurable s'empare de moi. Il entre en moi ; il sort tout ce que j'avais dans mon cœur, dans ma tête. Mes jambes ne sont plus, mes bras, mon odorat, mes doigts, rien n'est à sa place, rien n'est plus. J'attends, assis parmi les autres, sans plus aucun mot sur mes lèvres.

L'éclat

Je me remémore pourquoi je suis là.

Ça a commencé par la gauche. C'est venu d'un coup sans prévenir. Elle ne voyait plus rien sur sa gauche, je crois. Puis l'épilepsie. J'ai foncé aux urgences, Danie malvoyante dans mes bras. Ils l'ont prise de suite pour opérer. Elle est ressortie des heures après, avec de nouveau un bandage sur la tête, bien fait, spirale montante comme les escaliers de Babel. Je regarde ma Danie endormie et mes larmes n'arrêtent plus mes mots :

— Nous le savons bien à l'avance, toujours. Pour toi, Danie, je l'ai su le jour même où nous nous sommes rencontrés. Ni devin, ni chaman, mais ce sale goût de clairvoyance qui nous fait mordre à un au-delà, au-delà des baisers d'amour, un après implacable, tu comprends, ma beauté ? Tiens, le professeur est là. Je ne vous ai même pas entendu entrer, professeur…

Il ne dit mot, il pose sa main sur mon épaule de souffrant bien portant. Il rapproche un siège, s'assoit, et je sens qu'il est sincère et prêt pour la confession.

— Oui, merci, professeur, pour votre temps. Oui, merci pour tout ce que vous avez tenté.

Je me tourne vers Danie.

— Le professeur est là. Il ne m'a rien dit encore, mais c'est sans espoir, puisqu'il ne dit rien. Où en étais-je ? Ah oui, tout échappe. Ni devin, ni chaman, mais cette sensation... Hein, amour de ma vie ? Cette sensation... Professeur, quoi qu'on pense, quoi qu'on dise, qu'on abdique ou qu'on se débatte, qu'on révolutionne même, rien à faire, quelque chose se joue de nous et son rire méchant frappe nos oreilles, nos yeux et nos cœurs à tout moment. Ne m'en veuillez pas, je suis au plus bas, professeur. Je ne veux pas que mon amour parte en cendres, je veux que les flammes brûlent encore, plus chaudes que jamais, je veux les voir danser dans l'air, embraser tout le bâtiment, lécher les pieds de tous ceux qui sont mourants ! Vous ne seriez pas, à tout hasard, professeur, l'éminent M. Lucifer Étoile du Soir ? Je conclus le pacte direct, si c'est le cas. Allez, voici mon sang ! J'apposerai sur le papier ma signature en lettres rouges et immenses...

Je tombe à terre, au pied du lit. Danie, paupières closes, respiration légère, n'ose troubler mon état. Je rampe au sol, m'accroche au drap...

— De quoi je parle, mon pauvre cœur ? Je parle de rien, comme d'habitude, et je me demande parfois, professeur, si connaître son destin ne serait pas la meilleure solution.

Je tombe dans le cauchemar.

Entre les os, entre les crânes, mon vieux moi m'entraîne près d'une petite rivière. Il me saisit la tête et la plonge dans l'eau. La fraîcheur saisissante fige mon visage. Il me sort de l'onde. Le vent s'en mêle. J'entends le chant des os. Ça siffle, toutes ces voix, ça crépite. Mon vieux moi me soulève de sa main. Debout, droit, la tête au ciel, bien plus haut qu'un séquoia.

Sous mes pieds nus,
De sa large main,
La chaleur.

L'infirmière, aidée du Pr Stankévitch, se précipite et m'aide à me rasseoir. Perdu, je jette un œil alentour et la réalité me ramène dans cette chambre d'hôpital de la Salpêtrière. On me sert un verre d'eau. Puis, sans voix, je questionne :

— Elle ne souffre pas ?
— Non. C'est l'avantage avec le cerveau.
— C'est l'éclat ?
— C'est l'éclat.
— On ne peut rien faire.
— Rien…
— Combien de temps a-t-elle encore ?
— Entre un et neuf mois.
— Ah… Vous resteriez un peu avec moi ?

L'éminent neurologue passe sa main dans mes cheveux et m'attire doucement contre lui. Je me laisse aller.

Plus tard, j'ai rejoint les siens. Plus tard, il a été décidé que Danie serait installée dans la maison familiale.

À la lumière de la flamme et ce cœur qui s'emballe

Le malheur a envahi la maison de la rue Gagarine. Mère, père, frères et moi, tous emportés dans la tempête, et notre pavillon en détresse a surgi des vagues, des houles affreuses, et nos cœurs en haillons se sont échoués à terre.

Les rideaux à demi tirés, quelques bougies vacillantes, je me tiens auprès d'elle, happé par la pénombre. Dehors, la lumière des réverbères.

— J'ai tant aimé… J'ai tant aimé, Danie, chaque matin avec toi. Te prendre dans mes bras. Chaque matin. J'ai très envie que… Mais là, vois-tu, Danie, là, mes mains tremblent. Oh… Attends, je replace une boucle de tes cheveux. C'est bien mieux comme ça. C'est… tu es si belle.

Dehors, la lumière ; et le bruit du monde qui cesse peu à peu.

— Danie, mon amour, pardonne-moi de ne pas avoir entendu le lourd sabot des cavaliers. Ils étaient là, en route depuis quelque temps. De cela, je suis sûr, Danie. Mais je n'ai rien entendu. Pardonne-moi. Ils sont arrivés si vite et ils t'ont emportée. Si vite, Danie, et ils t'ont arrachée du sol et mes lèvres sans force n'ont pas su garder ton souffle. Je me suis approché, comme si souvent, des tiennes et je t'ai embrassée. Plus de souffle, Danie, plus d'âme.

Dehors la lumière ; et le temps qui s'effondre.

Il y a cette blancheur sur le visage comme si la neige, c'était elle.

Il y a ces yeux restés longtemps ouverts puis ma main, caressante, qui fait glisser doucement les paupières. Les murs de la pièce, maintenant, sont à peine visibles.

Le père de Danie m'a aidé à lâcher la main de sa fille. Des hommes ont emporté le corps de mon aimée. Je me suis appuyé longtemps sur l'épaule de cet homme dévasté et nous avons fini par ressentir quelque chose d'infiniment doux. Deux enfants au milieu d'une pièce silencieuse croyant qu'un miracle finira par se produire.

Nos peines jusqu'au ciel

Il fait toujours si froid dans les églises.

C'est la première fois que je suis vêtu d'un costume noir. L'élégance, ça compte lorsque l'on doit parler des morts, du moins je crois.

Je m'approche de l'autel, soutenu par Guilé qui ajuste le micro pour moi. Je relève la tête et croise les yeux de la maman de Danie. De son père aussi, et de tous ceux qui sont ici, tous ceux qui l'ont approchée, connue. Une foule de vivants autour de la mort, parée aujourd'hui d'un cercueil tout blanc. Je n'y vois plus très clair derrière mes larmes et mes forces me quittent. Je pose ma main tremblante sur le micro. Mon cœur cogne à la manière d'un fou sur qui, à peine libéré de tout traitement, la folie reprend aussitôt ses droits. Voilà ! C'est exactement ça. Je suis un malade qui va tenter de murmurer au silence son chagrin impuissant, l'amour perdu.

Je sors de ma poche un papier. J'ai tout écrit. Je dois leur parler, parler pour que l'on se souvienne.

— Pourquoi ma vie entière, tout à coup, est à terre ? Est-ce de ne pas avoir aimé à la légère, de n'avoir jamais trahi et d'avoir évité sans relâche ceux qui veulent le non plus que le oui ? Chaque nuit, j'ai caressé ses cheveux, j'ai plongé dans ses yeux toujours tournés vers l'horizon et j'ai senti sur mon ventre ses lèvres brûlantes. Nous avons joui avec la force de ceux qui se veulent à tout prix, dans nos étreintes que nous croyions sans fin.

Je me tais, quitte l'autel, me dirige vers un cierge et mets le feu à mes quelques lignes. Je lâche le papier, la flamme grandit dans les airs, flotte un court instant et s'éteint.

J'avance vers la mère de Danie et m'écroule pour de bon dans la chaleur de ses bras. Là, dans nos sanglots qui déchirent tout cœur, j'adresse ma vaine prière :

— Danie, toute ta famille est là et le vent aussi.

J'avais encore tant de choses à te dire.

Quinze années de vie passées ensemble, c'est si peu.

Ô Danie, sans toi, impossible de continuer.

On avait dit, Danie… On avait dit que tout vieux, assis sur un banc… On avait dit, regarder jouer les enfants… et nos folies d'autrefois… et jusqu'au dernier instant le cœur épris qui bat sans compter.

Où es-tu ?

À qui vais-je dire ?

Danie, je ne t'entends plus.

Je t'en prie, ne me laisse pas ici.

Ô Danie, tous ces visages, toutes ces larmes qui se noient dans la pierre.

Ô Danie, j'ai si peur, si seul, si petit.

Au sol avec moi, sa mère murmure à son tour :

— Elle m'a tant parlé de vous. Elle vous aimait, bel enfant ! Merci de l'avoir rendue si heureuse. Merci d'avoir vécu, d'avoir été là, pour elle.

L'église se dresse, portant nos peines jusqu'au ciel.

II

LE DÉCLIN

Sous la bannière de saint Christophe

— Tiens bon, Anna, tiens bon ! Je connais la banlieue par cœur. On va y arriver !

Je grille un feu.

Aussi sec, sortie de nulle part, une bagnole de flics allume son gyrophare. Ils ne savent pas pourquoi je roule comme un cinglé et ils ne savent pas non plus quel dingue je suis face à l'urgence ! Aujourd'hui, ils coursent un homme sans limites ou le diable en personne ! Démon au volant de notre voiture pourrie, je fonce, pédale au plancher.

Défilent les immeubles gris, branlants, délavés, jaune pisse, amiantés jusqu'au bout de la toiture que des grues, toujours en mouvement, dépassent. Ici, ça détruit sans cesse. Rien ne tient, rien ne pousse et le ciel épais et bas comme une immense carapace frôle nos têtes. Dans le ventre de cette tortue laide et vieille, je traverse le paysage entrecoupé de pav' en ruine, de stades sous grillage, de centres commerciaux aussi grands qu'Orly qui mangent les trottoirs. La faune humaine cassée, brisée, déambule l'air hagard, portant sur son visage ses cicatrices. Ici, sur l'arcade, l'entaille du chômage à vie, là, sur le pif, une plaie suintant l'alcool comme l'eau sort d'un arrosoir. La multitude se croise et ça fonce aux allocs, aux kébabs, à l'intérim. La banlieue est une tragédie sous drogue, dont personne ne se souviendra lorsque, dans un ultime sursaut, elle sombrera. Ne figurant sur aucune stèle, dans aucune mémoire, elle partira en fumée n'ayant connu que des défaites sans gloire.

Les flics sont derrière nous. Je fonce. Ils ont mis la sirène, j'appuie sur l'accélérateur. Je prends tous les risques ! Oui, en ce jour, du gardien de la paix, de la France, ce pays aux mille feux rouges, de ma propre vie, je me contrefiche. Je trace comme un malade en klaxonnant à tout va. Roulant à droite comme à gauche, je prends du trottoir et du sens interdit. Ils me talonnent encore, ils sont crampons, et moi je suis la mauvaise carte du *Mille Bornes*, pas prioritaire du tout. Qu'importe, ils ne m'attraperont pas. Je rentre fissa dans le parking du centre commercial de Belle Épine, je connais une petite sortie qui n'est pas sur la carte. Je me retrouve vers Thiais, je longe le grand cimetière. Ils m'ont retrouvé, j'entends leur sirène ! Je n'en démords pas, ils ne m'auront pas tant que je ne serai pas arrivé. Parking souterrain à triple sortie, rue étroite, coup de volant sans prévenir, je me fais serrer à l'angle de la petite rue Charles-Baudelaire. Trois voitures encerclent notre carlingue, je descends en levant les mains au-dessus de ma tête comme dans les films, ma carte d'identité à la bouche. Les flics, arme en main, s'approchent de moi.

— Tourne-toi !

Je me revois à mes quinze ans dans l'appart' qui nous servait de planque en banlieue de la Défense. À 7 heures du mat' pile, la porte avait volé en éclats. En masse, les gendarmes avaient investi notre minable cachette et, en deux temps trois mouvements, on s'était retrouvés visage au sol, écrasés sous des grolles à se faire tutoyer. Rien ne change donc ? Cette familiarité qui illustre la tendance que nous avons de croire tout connaître d'emblée de notre éventuel ami ou adversaire ne disparaîtra-t-elle donc jamais ?

Juste avant de me tourner, j'envoie d'un coup de tête ma carte d'identité vers le flic en lâchant :

— Je suis français, monsieur l'agent !

Je sais que mon nom, Chpapjik, ça ne va pas leur plaire.

— Ah ben, t'es peut-être français, mais tu m'as pas l'air d'être très malin, toi !

Je me retourne vers le policier qui, agenouillé, essaie de soulever une grille.

— Tu viens de balancer ta carte dans les égouts.

J'éclate de rire.

— C'est nerveux, monsieur l'agent.

Je me mets à genoux aussitôt et nous voilà en train d'essayer de retrouver mon identité sur papier qui va bientôt nager puis sombrer dans les eaux les plus sales qui soient.

À ce moment-là, la portière arrière s'ouvre et les flics, comme un seul homme, braquent leur flingue.

— Pas un geste !

— C'est ma femme, monsieur l'agent, elle est…

Anna pose un pied à terre et se redresse comme elle peut.

Plus personne ne bouge et, au feu, dans les voitures arrêtées, les enfants restent bouche bée.

Anna passe délicatement sa main dans ses cheveux blonds décoiffés.

Sa tête oscille de nous aux enfants, puis au ciel, et de nous encore et aux enfants et au ciel toujours.

Nous ? Pas un souffle.

Nous ? Pierres à l'unisson, cœurs battants qui frappent et résonnent sur les murs décrépits, symphonie des banlieues, chœur du monde en ruine. Parfois, dans nos heures les plus misérables, nous levons timidement nos yeux et entrevoyons la beauté féminine et restons ainsi, comme les montagnes immobiles lorsqu'elles reçoivent la chaleur du soleil levant.

— Phérial ?

— Oui, mon amour ?

— Phérial… je perds les eaux, du sang aussi, je crois… Il faut…

Un policier balbutie.

— Chef… Elle est enceinte, on fait quoi, chef ?

Le chef hurle :

— On escorte, on escorte ! Quel hôpital ?

— Maternité de Saint-Christophe à Athis-Mons, monsieur l'agent !

Et comme rien n'est jamais connu par avance, comme rien n'est jamais voué à quoi que ce soit ou à qui que ce soit, me voilà roulant plus rapidement qu'un Mercure aux chevilles ailées, accompagné du ballet bleuté des sirènes de la police nationale qui m'ouvre toutes les mers jusqu'à Saint-Christophe, le saint patron des voyageurs.

Je dépose Anna aux portes de la maternité. Les policiers redémarrent, heureux. Heureux d'avoir accompli le travail pour la meilleure des causes, m'a dit le chef en partant, la meilleure des causes qui soit !

La mise au monde

Je n'aime pas les hôpitaux, ni les maternités. Lumières blafardes, mourants à tous les étages. Très peu pour moi. Mais cette fois, pas question de peur, d'angoisse, de tralala. Je dois être là et j'y suis, à faire les cent pas dans le couloir. Je marche, passe devant les posters accrochés aux murs sans les voir. Mon cœur bat la chamade. Une montagne de questions presse ma tête et nulle réponse à venir. Je bouillonne, je vais exploser, je suis une bombe de vie car, aujourd'hui, mon premier enfant va naître, dans ce monde, jaillir ! Une heure, deux heures, quatre heures et enfin une infirmière vient à moi et chuchote :

— Le travail a commencé. Si vous voulez assister…

Je fais oui de la tête et les autres pères, dans le silence, me souhaitent du regard « Courage », « Bonne chance », quelque chose comme ça.

Je suis l'infirmière et j'entre dans la salle d'accouchement au son de :

— Allez-y, poussez, madame ! Allez, oui, on fait le souffle court, fffou ! Ffou ! Ffou ! Oui, c'est bien ça, encore ! Oui, c'est ça, poussez bien fort ! Fffou ! Ffou ! Ffou ! Oui ! Ça y est, je le vois !

Je m'approche timidement. Un grand cri déchire le ciel. La tête est passée avec plein de cheveux tout collés, ce bout de trombine un peu fripée, et le soleil déclinant lui-même semble saluer la venue de cet enfant.

Je passe ma main sur le visage de ma femme. Elle pousse encore et frappe sur mon torse. La sage-femme aide toujours au travail et, en un éclair, le voilà entièrement sorti et, en un éclair, le voilà dans mes bras et, en un éclair, me voilà papa.

— Prenez-le, monsieur, mettez-le sur le ventre de la maman.

Hein, quoi ? J'hallucine… Est-ce bien ton petit bras que je tiens là ? Que tes doigts sont minuscules et comme ton cœur bat ! Je pose délicatement sur le ventre de sa mère ce petit quelque chose qui vient de respirer pour la première fois. Elle le regarde avec, dans les yeux, cette infinie tendresse qui chasse la douleur. Ils respirent à l'unisson. Je n'avais jamais vu ça. Par la fenêtre, une dernière touche de lumière sur le sourire de la sage-femme. Je vois cette masse organique, ce placenta à terre et je te vois, mon enfant, moi qui me demande d'une façon si terriblement secrète comment une maman a pu tourner les talons et disparaître. Sommes-nous donc tous capables du pire ? Comment vais-je faire, moi ? Répéter la malédiction ? Déserter à mon tour ? Et pour manger ? Et quoi te dire ? Quelles histoires ? Qui suis-je pour avoir fait ça ? Dans quel monde t'ai-je mis ? Comment être sûr de mon coup ? On ne peut jamais être sûr de son coup. Je ne peux qu'être franc avec toi, mon petit bout. Tout te dire. Pas de duperie. Tout te dire de cette envie d'être lâche jusqu'au bout qui m'aspire. Là, tout de suite, elle m'appelle ! N'entends-tu pas ? Pas de tromperie. Il faut que je parte, mon garçon, moi qui n'aime personne. Il faut que je retourne marcher avec les muets du couloir et que sonne éternellement dans mes oreilles cette tragique mélopée :

Tu n'y es pour rien,
Saisis ta vengeance !
Elle est à portée de main.
Débarrasse-toi
Et pars, file au loin.

Non ! Mon corps s'y refuse. Laisse-moi voir tes yeux, mon fils. Laisse-moi te toucher… Quelle délicatesse, quelle beauté ! Sonnez, trompettes ! Sonnez à tout va. Tes pieds, si fins, si bien dessinés ! Oyez, bonnes gens, ouvrez vos portes, vos cœurs, vos têtes, mon fils vient de naître ! Il vient de paraître, habillé tout de vie, il est là, progéniture d'amour ! Plus fort que moi ! Je suis à genoux, oyez, loin de moi, épées et boucliers, car je l'aime et ça cogne fort et tant pis pour les misères, les cruautés, je m'en contrefiche !

Je lui murmure à l'oreille :

— Mon fils, écoute ce que je vais te dire, moi qui suis ton père, cet idiot d'homme, de toi déjà si fier. Moi qui croyais tout connaître des douleurs et cette vie, une fois encore, m'impressionne ! Oh oui, mon fils, je suis ton protecteur qui va apprendre à aimer comme jamais auparavant il ne l'a fait et qui, sur-le-champ, te promet en silence qu'il fera tout pour que ton cœur s'épanouisse. Pour que le ciel et les vents soient tes bienfaiteurs, pour que le feu et la foudre soient tes forces ! Et enfin, je ferai en sorte que mon passé d'orphelin, mon passé de misère, ce passé qui a failli me faire déserter mon poste de père, ne pèse jamais sur tes épaules, toi qui vis à présent sous notre toit, toi qui es l'heureux dénouement que je n'attendais pas.

Voilà mes promesses insensées et je les tiendrai contre vents et marées. Voilà ce qui est écrit dans mon cœur pour que le tien batte sa vie à sa mesure, pour que le tien reste et soit à jamais le tien.

Et tant pis pour ma mère.

Promesses faites tandis que la sage-femme sectionne le cordon ombilical.

— Reprenez votre enfant, monsieur. Vous ne vous sentez pas mal ? On va lui faire un petit brin de toilette. Vous allez bien ? Vous êtes tout pâlot.

— Tout va bien, tout va bien, donnez-le-moi, je vais me débrouiller…

— Vous voyez le lavabo, là-bas ? Utilisez de l'eau à température moyenne.

Je soulève mon enfant et approche de mon cou sa petite tête. Je sens son souffle. Le souffle est tout. Je fais couler l'eau et doucement, délicatement, comme si j'avais toujours fait ça, je frotte son corps, le nettoyant de son *vernix caseosa*. Je lui parle, je dis n'importe quoi, je suis chantant, heureux, imbécile et parent. Je ramène notre enfant tout propre à sa mère.

Dans le couloir, j'embrasse chaleureusement les parents d'Anna qui viennent d'arriver. Notre enfant est tellement beau, tellement… Je les embrasse encore et me précipite dehors appeler ma mère.

Je compose le numéro, la tonalité se déclenche et celle-ci me semble durer une éternité. C'est étrange d'annoncer une naissance à celle qui vous a abandonné. C'est étrange parce que c'est comme si je ne voulais pas l'embêter avec ma joie immense, avec mon désir d'être père, mon esprit de famille. Je souhaite presque qu'elle ne décroche pas. Elle décroche.

— *Ja, Guten Tag !* (Oui, bonjour !)

— *Majko* (Mère), Éthan est né, là, tout de suite ! *Majko*, je suis père ! *Majko, baba si !* (Mère, tu es grand-mère !) Quand est-ce que tu viens ?

— *Sine moj* (Mon fils), j'aimerais beaucoup. Mais tu sais, je ne me sens pas très bien. Ma hanche me fait mal, mon dos aussi et je dois garder des forces pour aller en Serbie. Ton frère, Lalé, a beaucoup de difficultés là-bas. Il sera très content de savoir qu'il est oncle. Oui, très content. Moi aussi, je suis très contente. Je te laisse, je dois aller chez le médecin. Je viendrai en France, c'est promis, plus tard. *Ljubim te* (Je t'embrasse) et ta femme et le petit *dečko* (enfant).

Elle a raccroché, pas moi. Ma tête et mon cœur restent comme suspendus au son de la tonalité. Je ne sais pas trop quoi faire, quoi penser. Elle vieillit.

C'est ça, ça ne peut être que ça, elle vieillit.

Qu'importe ! La vie vient de faire son entrée dans la mienne et je sais maintenant : je finirai par mourir car ceux qui devaient venir sont là.

Le vide et l'amour

Guilé ne sort jamais de Barbès. Mais là, naissance oblige !

Guilé ne cesse d'être fier de moi. Un fils, pour lui, et c'est la Serbie qui s'agrandit.

Nada, sa femme, cadeau à la main, s'émerveille devant notre Éthan tout comme elle s'était émerveillée lorsque je les avais rencontrés pour la première fois. Pour elle, cette naissance relève autant du miracle que mon apparition à leur porte, rue Myrha, il y a quatorze ans. Enfant abandonné, ballotté dans les affres de la vie, rescapé des méchancetés et des haines, qui retrouve le chemin des siens.

Nada est une femme à la joie discrète, délicate, et lorsque je passe chez eux, il y a toujours quelque chose à manger pour moi. Elle parle beaucoup mieux français que Guilé et, souvent, elle traduit. Elle s'occupe de tout et connaît mieux Paris et la banlieue que son colosse de mari.

Elle demande si elle peut prendre le petit dans ses bras et ses yeux brillent plus encore. Les parents d'Anna arrivent à leur tour. Présentations faites, nous sortons, Nada, Guilé et moi, fumer une cigarette. Guilé en profite pour se rafraîchir au rhum. Il sort une flasque et, comme à son habitude, me la tend. Nada s'énerve un peu de le voir encore « boire le poison » mais bon, aujourd'hui c'est fête et je fais mine d'en prendre une gorgée. Ils me donnent des nouvelles de l'ex-Yougoslavie où les choses vont de mal en pis. Beaucoup de morts, beaucoup de peines. Guilé devient de plus en plus véhément sur le sujet, mais Nada l'arrête dans sa lancée, lui rappelant que nous sommes là pour mon fils et tant pis pour la guerre. Il acquiesce, s'envoie une autre rasade et Nada laisse couler. Elle brûle de parler d'autre chose. Mais elle est timide et je fais le premier pas. Gênée, elle se lance, en serbe, comme s'il ne fallait pas que d'autres comprennent :

— *Dolazi li ti majka ?* (Ta mère va venir ?)

C'est mon tour d'être gêné. Je lui explique, tant bien que mal, que je l'ai eue au téléphone, qu'elle a un problème de hanche, qu'elle veut garder ses forces pour aller en Serbie. Qu'elle viendra plus tard. Nada sort de ses gonds, jusqu'à parler en français.

— Aller en Serbie ? Mais c'est la guerre ! Et ton fils ? C'est ça le plus important ! Qu'est-ce que c'est que cette mère ? Elle n'est pas venue ?

Je ne relève pas, désemparé et un peu triste. Maintenant, c'est Guilé qui calme Nada, d'autant que les parents de ma femme viennent à notre rencontre. Eux aussi me félicitent, eux aussi sont dans l'émerveillement et cela me touche infiniment, mais comme c'est difficile de passer du froid au chaud, du chaud au froid. Je suis coincé entre le vide et l'amour. Il faut que je bouge. Je remonte voir Anna, dépose un baiser sur ses lèvres, admire notre enfant qui dort et baiser sur les lèvres encore.

Je rejoins la famille et nous allons boire à la santé de la maman et du nouveau-né. En fin de soirée, j'emprunte la voiture des parents d'Anna pour aider Nada à ramener son homme bien éméché jusqu'au logis. En bas de la rue Myrha, on le réveille et, juste avant de sortir de la voiture, vaseux, il me dit :

— Ça me fait mal au cœur, pour ta mère. J'ai des choses à dire… *Laku noč !* (Bonne nuit !)

Il essaie de m'embrasser mais il oublie de se plier et se cogne contre la voiture. Il jure en serbe et Nada le tire vers la porte cochère. Je reprends le chemin de la banlieue, heureux. Rien, aujourd'hui, mon cher Guilé, n'est plus important que mon fils, pas même ma mère.

De la Sorbonne à la morgue

Dans deux jours, c'est mon anniversaire. Adossé à la meulière, j'observe pour la énième fois le repas naturel de notre enfant. À l'autre extrémité du jardin, se tiennent ma femme et sa mère qui se débrouille toujours pour assister à ce bon moment. Il se passe plein de choses entre elles, des choses incompréhensibles des hommes. Ce que l'une fait, l'autre le ressent. Il fait chaud. Anna passe au sein suivant et déjà les lèvres du petit s'approchent du mamelon. Il va avoir trois mois. C'est épatant comme il a toujours faim de sa maman. Il doit y avoir un truc avec ce lait, avec l'odeur aussi. Cela le rend glouton, mon Éthan. Il tète, il tète, ses petites lèvres s'actionnent sans relâche et je peux entendre d'ici les bruits si doux de la succion. Il se repaît jusqu'à plus soif, le petit bout de chou, et s'endort dans les bras de sa mère, sans pudeur, après son rot salvateur.

Je m'allonge dans l'herbe. Anna me fait un clin d'œil et je lui envoie, en soufflant sur la paume de ma main, le baiser que je viens d'y déposer. Elle fait mine de l'attraper à pleines dents, tout en caressant délicatement le crâne du bel enfant. La grand-mère, voyant notre manège, se lève, un peu troublée par toutes ces nouveautés, sa fille amoureuse, sa fille devenue femme, devenue mère à son tour, par là même l'égalant, et puis moi, la pièce rapportée, qui me vautre dans cet instant ensoleillé de notre intimité. Ils habitent, elle et le grand-père, juste à côté de la maison d'Anna qui fut celle du père de son père, autrefois. Il y a un beau cerisier au milieu de notre pelouse. J'entends les oiseaux qui taillent dans la chair rouge en sifflant leur joie. C'est un luxe, ces oiseaux heureux de banlieue. C'est un luxe que d'être là à regarder le ciel bleu. Ce moment ineffable, c'est à Anna que je le dois.

Il y a moins de deux ans, c'est elle qui m'a ramassé à la petite cuillère. La fête battait son plein. J'avais repris du banc scolaire et m'étais mis en tête de décrocher, à plus de trente ans, mon baccalauréat. Un moyen comme un autre de ne pas rester à ne rien faire, de ne pas ruminer. Je m'étais inscrit à la Sorbonne, à Censier. C'est là que je l'avais rencontrée. Elle était en licence de lettres classiques et voulait devenir prof ou institutrice. Pour elle, enseigner aux enfants semblait être une vraie vocation. Je crois que ça m'avait et touché et séduit qu'elle trouve ça noble, chevaleresque, de transmettre le savoir. De mois en mois, Anna et moi avions échangé avec passion à propos de cinéma, de politique, des grands écrivains, de peinture, même si j'avais fini par lui avouer, entre deux bouchées au McDo de Saint-Michel, que je n'avais jamais trop mis les pieds dans un musée. Aussitôt l'aveu prononcé, elle m'avait entraîné au Louvre où j'avais failli lui taper une crise d'angoisse mémorable tellement c'était inconfortable pour moi, tous ses gens agglutinés en train de flasher *La Joconde*, tellement c'était abrupt, les chevaux et les tigres frénétiques surpuissants de Delacroix ou les visages de Giotto, dénués de toute faiblesse humaine, une pureté sur la toile, de moi jusque-là inconnue. J'ai dû sortir un sac en papier, me le coller à la bouche pour mieux ventiler et ne pas m'évanouir devant elle qui me traînait par le bras, de salle en salle, de siècle en siècle, dans des couleurs, des drapés, des beautés exquises, des monstres cannibales, des laideurs faites reines, rois, des centaures, des histoires de déesses et de dieux, des histoires sublimes cousues de mensonges universels, des sensations terribles, des infinis en pagaille, du chaos.

C'était la fin de l'année, on fêtait la réussite des examens et moi, assis sur un canapé miteux, j'angoissais à mort, le regard vide, les nerfs sous Temesta. La réussite provoquait chez moi toujours autant de tourments. J'ai confié pêle-mêle à Anna, ce soir-là, les Balkans et leur guerre, mon passé de douze familles, treize misères, mes retrouvailles avec ma mère, mon amour pour les planches, la comédie, la mort de Danie et mon désir de m'apaiser par tous les moyens à la portée de mon existence qui, jusqu'ici, était comparable aux montagnes russes. Sans cesse, ça monte, ça descend. Et pour couronner le tout, mon propriétaire avait mis en vente son appartement du boulevard Barbès quelques mois auparavant et j'avais dû quitter les lieux fissa. Depuis, je dormais de fête en fête, dans un théâtre si j'avais un contrat, et je touchais, pour survivre entre deux, l'allocation des pauvres, le RMI, que j'allais retirer à l'unique bureau social pour les sans-abri, les sans domicile fixe, les charclos, quai de la Râpée, en dessous du métro, et comme par hasard près de la morgue du 12e arrondissement.

Le lendemain, elle m'y avait accompagné. Et je ne sais pas comment c'est arrivé, mais on s'est embrassé là, dans la misère et sous les applaudissements de tous les édentés de Paris. Elle m'a proposé de venir habiter avec elle, dans sa petite maison de banlieue, de partager la vie, d'essayer quelque chose, autre chose. J'ai accepté que la vie revienne, épuisé que j'étais, au fond, du vertige.

C'est pour ça qu'aujourd'hui, je vais essayer d'avoir un boulot régul' ou de faire de la télé, parce que, contrairement au théâtre, le soir je serai rentré. J'ai envie d'être présent pour elle et notre enfant désiré. C'est aussi pour ça que je l'écoute, non sans me mettre dans une horrible colère, lorsqu'elle me fait remarquer que ma mère, jusqu'à ce jour, n'est pas encore venue rencontrer son petit-fils Éthan. Qu'importe, moi j'y crois, elle finira par être là, en famille, par se pardonner, par embrasser sa descendance, avec ou sans pleurs, elle finira par avoir mon enfant dans les bras.

Les feuilles sous le vent, des cerises qui brillent dans la lumière, et Éthan qui dort calmement.

L'enfant qui marcha sur ma poitrine

— Donne-moi ta main, Éthan. Donne l'autre. Voilà, comme ça. Lève-toi. Parfait, sans effort, voilà, à la cool, tranquille, oui, c'est ça, prends ton temps. Regarde autour de toi, c'est tellement autre chose de voir ton monde debout. Maintenant, ensemble. On avance… Oui… voilà. Je vais lâcher une de tes mains mais je suis toujours avec toi. Bien ! Je lâche l'autre. Mon petit Éthan, je suis fier de toi. Du haut de tes treize mois d'existence, ta tête bien vers le ciel, tu marches. Tu sais que maman va être folle de toi ? Tu sais qu'elle et ta grand-mère ne vont plus arrêter de te prendre en photo, de te filmer ? T'es une star, mon fils, t'es une star. Même moi, je n'ai pas encore connu la chaleur d'un tel public.

Éthan me fixe de tout son être. Puis ses yeux vont de l'arbre à la terrasse, de la terrasse aux framboisiers. Il dévore ce qui l'entoure en déambulant à la manière d'un marin sur le pont d'un navire. Il fait corps avec la houle. Un coup en avant, un coup sur la gauche. L'équilibre incertain, il va d'un mât à l'autre et grimpe dans les voiles !

— Anna ! Anna ! Notre fils marche ! Regarde-le, regarde le premier bébé au monde à fouler notre gazon de banlieue !

J'émerge doucement. Je me suis endormi dans l'herbe. Le ciel est tout bleu. Je sens des petits pieds nus qui me piétinent le torse. C'est Éthan qui marche sur moi, aidé de sa mère.

— C'est incroyable, Anna, je viens de rêver qu'il marchait. Tu te rends compte ?

Anna me sourit.

— Pas encore, pas encore, mon Phérial.

Elle lâche Éthan pour de bon et il avance sur moi, parvient à tenir ainsi quelques secondes et finit par tomber. Je le rattrape au vol, me dresse et l'envoie dans les airs. À chaque relancée, il rit aux éclats. Là, suspendues entre ciel, vents et nuages, toute l'innocence, toute la joie se déploie. Au son des rires de l'enfant, la mère d'Anna nous a rejoints. Elle dévore son petit-fils des yeux et n'attend qu'un signe de nous pour aller lui donner un goûter royal !

— Tu veux prendre un petit quatre-heures avec mamie ?

Éthan ne se fait pas prier ; grand-mère et enfant disparaissent aussi sec du jardin familial.

Les parents d'Anna sont extrêmement présents avec Éthan, toujours heureux de le garder, de l'emmener au parc pour jeter du pain sec aux canards, aux cygnes. Ils ont travaillé toute leur vie en entreprise et ont acquis leur droit à la propriété en comptant uniquement sur leurs années de labeur, en bons communistes banlieusards. Alors, même si c'est vrai que je ne suis pas le gendre idéal et qu'habiter à côté d'eux est parfois bien pesant, leur générosité l'emporte. Étant donné que le cinéma et la télé ne me connaissent pas encore et qu'Anna est toujours au chômage, on ne fait pas trop les fines bouches, on serait bien plus dans l'embarras sans cette maison en meulière.

Anna m'attrape par la main et on fonce dans la chambre. On ferme les volets et la fenêtre, elle m'arrache mon tee-shirt et moi j'attrape à pleine bouche sa poitrine laiteuse. On s'embrasse, on se jette du regard fougueux, elle se tourne, je me blottis, elle grimpe sur moi, elle m'anéantit à coups de baisers et de hanches endiablées. En sueur, l'œil hagard, on fume notre clope en se caressant tout doucement le visage.

— Phérial, je t'aime. Je suis heureuse.

— Merci, Anna.

— Merci de quoi ?

— Merci de me le dire. Si tu savais comme je m'en crois incapable…

— De me rendre heureuse ?

— Oui, quelque chose comme ça…

— Phérial ?

— Oui ?

— Tu as appelé ta maman ?

— Non.

Depuis la naissance d'Éthan, je sens l'odeur nauséabonde de l'abandon envahir tout mon être. Ma mère fuit le sujet et mes offres de voyage. Je lui ai proposé d'aller la chercher, de lui payer le billet Francfort-Paris, rien n'y a fait. Elle n'a plus de temps. Une fois, elle doit aller au pays en urgence pour Lalé, une autre, elle part avec son groupe de vieilles Allemandes en croisière. Bref, c'est la pire grand-mère qui soit et, dès que le sujet est abordé, je me renferme comme une huître, j'envoie une pile d'assiettes contre le mur ou mon pied fait plier la tôle de la porte du frigo. En rage, je sors dans notre minuscule jardin m'allonger sur le dos, le regard perdu dans le ciel. Mon incapacité volontaire à refuser cette évidence – ma mère semble n'avoir aucun intérêt pour son petit-fils – me tire vers le bas, m'épuise chaque jour qui passe. Il faudrait que je réagisse, que je sois un homme, un père. Difficile, car j'ai beau fouiller dans mon passé d'orphelin, je n'y déterre que des pères violents, alcooliques, taiseux, ne se mêlant pas des affaires d'enfants et de bonnes femmes. C'est dans ces moments-là que mon père, celui qui brille par son absence, me manque terriblement. Je donnerais tant pour le voir un instant, et l'entendre me dire : « Sois fier, fier de toi, tu es beau et fort. »

Ensuite, c'est toujours le même manège. Anna me rejoint, s'allonge près de moi, m'embrasse, et nous allons faire l'amour. Sans force, à peine calmé, j'accepte de l'écouter, mais pas longtemps. Les blessures à répétition, ça ne donne jamais rien de bon. Le soir, c'est pire, c'est l'heure des cauchemars : des monstres avec, dans la gueule, des fœtus dégoulinants de sang, ma gorge qui se serre, et me voilà sans jambes ni mains ni poumons, plus d'organes, vidé de l'intérieur. Je me réveille en sursaut en criant :

— Ce n'est pas moi, je n'ai rien fait !

Anna pose ses mains sur moi.

— Chut, ce n'est pas grave, chut, Éthan est heureux…

Je reprends mes esprits tranquillement parce que lorsque Anna me dit cela, je la crois.

Soleil en famille

On a enfin réussi à rendre visite à Guilé et Nada. Anna n'est jamais allée chez eux. Je l'ai prévenue mille fois, c'est petit, très petit même, Guilé fume beaucoup et nous serons tous assis sur le lit. Rien n'y a fait, Anna me répondait à chaque fois : « C'est la famille, non ?! »

On gravit les marches jusqu'au premier. Anna constate que je n'avais pas menti. Les murs tombent en lambeaux et on peut même, à certains endroits, voir la tuyauterie et les gaines électriques. C'est Nada qui nous ouvre. À mon grand étonnement, le nuage de fumée habituel a disparu. Pas une seule bouteille au sol et Éthan va même pouvoir se glisser sous le lit. Une odeur de goulasch emplit la chambre. Plus de patrons, plus de vêtements qui traînent. Guilé, pour l'occasion, a revêtu le costume serbe traditionnel. Aux pieds, les *opanci* en cuir et, sur la tête, la *šajkača* noire avec un aigle brodé, sans oublier le gilet aux motifs cousus main. Nada aussi est toute jolie dans son costume folklorique aux couleurs vives, pour le plus grand ravissement d'Anna.

Pendant tout le repas, Guilé garde Éthan sur les genoux. Il est extrêmement doux avec le petit, lui parle en serbe, et Nada n'arrête pas de lui faire goûter tous les plats. Éthan est aux anges et lorsque le géant s'éclipse pour fumer une cigarette dehors, on peut entendre, de la fenêtre, sa voix qui appelle « Guilé, Guilé ». On fume tous les deux et j'en profite pour lui demander ce qu'il entendait par son « J'ai des choses à dire » à propos de ma mère. Guilé sourit et me répond qu'on en parlera la prochaine fois, quand je viendrai tout seul. Il écrase sa cigarette à moitié fumée et remonte au logis.

Anna parle beaucoup avec Nada qui est très heureuse d'avoir une oreille féminine. Personne à part moi ne met les pieds dans leur intimité, même les amis yougos. Nada en serait trop gênée. Anna, au fur et à mesure des conversations, mesure le privilège qui nous est fait. Le soleil s'est invité rue Myrha et l'après-midi s'écoule lentement. Nous allons nous promener dans le quartier, et Nada et Guilé, pleins de fierté, présentent Éthan aux compatriotes.

Nous les quittons à la tombée de la nuit. Nous reviendrons souvent les voir, le dimanche, et chaque fois, c'est bon pour moi. C'est un moment en famille et cela me va, même si, depuis la maternité, on ne parle plus trop de ma mère.

American Zombie

J'attrape le RER en marche. 7 h 30. Je me faufile tout en haut, à l'étage de la rame surbondée. Je suis à bloc, ce matin, je tourne une pub avec des Ricains aux studios d'Étampes, pour une barre chocolatée.

Au casting, j'ai été pris sur-le-champ. Le réal' m'a demandé d'entrer dans le personnage d'un zombie en manque de sang. J'ai compris tout de suite qu'avec les Américains, faut pas chercher à discuter des heures des éventuels angles d'attaque du personnage, de la psychologie et de tout le reste. Non, le réalisateur savait exactement ce qu'il voulait et, bien que les indications soient succinctes, elles n'en étaient pas moins précises :

— *You know*, tu n'es pas un zombie, mais *THE* zombie, le chef de meute, assoiffé de sang, *you see what I mean ?* Tu es une bête à l'aspect à peine humain. Je veux de la force et de la rage !

Je l'écoutais en hochant calmement la tête, sans un mot, ce qui devait me donner un air professionnel et puis il n'aurait pas fallu qu'il s'aperçoive que je ne comprenais qu'un mot sur deux de ce qu'il me racontait. Bref, avant que je me lance, il m'a dit, en me regardant comme si ce que nous allions faire là était la chose la plus importante du monde :

— *OK, Phérial, now, just do it ! Force and rage !*

J'ai fermé les yeux, inspiré lentement, je me suis recroquevillé au sol, tendu à fond, et j'ai attendu sans faire le moindre geste que quelqu'un vienne briser le silence que je venais d'imposer avec ma posture. Lorsque le son d'une chaise s'est fait entendre, j'ai ouvert les yeux et le Ricain a vu jaillir *THE* zombie qui sommeillait en moi, assoiffé de sang. En un mouvement féroce et souple, je me suis retrouvé sur le bureau, tout près de lui, un peu terrorisé mais jouant carrément le jeu, n'osant plus respirer ni bouger, tant mes gémissements comme mes hurlements réunissaient tous les cauchemars de tous les films d'horreur. J'étais à fond, complètement à fond, avec des yeux de frappadingue total, dans lesquels les maquilleuses n'auraient plus qu'à injecter du faux sang. Le souffle court, haletant, je bondissais partout puis m'arrêtais soudainement en me contorsionnant, faisant de mon corps une plainte bestiale, pris par l'appel du sang.

— *Yes ! It's the most dynamic zombie I've ever seen. Bravo, you've got the part !*

Oui, j'étais vraiment convaincant, poussé par cette rage de jouer n'importe quoi, n'importe où, avec n'importe qui, mais jouer, simplement faire mon métier de comédien... Alors, c'est vrai que j'étais rentré heureux et que j'avais fait mille versions de ce casting réussi à Anna, qui s'était encore mise à rire lorsque j'avais entrepris de lui faire l'amour façon zombie, heureux aussi de gagner enfin de l'argent, et même une jolie somme.

À la gare, un assistant vient me chercher. Arrivé sur le plateau, l'Américain m'accueille d'un :

— *My best zombie !*

Je file vers la salle de maquillage. Ma transformation dure des heures. Petit à petit, je deviens méconnaissable, zombie pourrissant. Ce métier de cinglé détraque. On peut passer des semaines, des mois à courir après les castings, les auditions pour quelques minutes à peine de pure magie pendant lesquelles on est les plus heureux du monde. C'est vrai, si je suis honnête, quatre ans se sont écoulés depuis ma rencontre avec Anna et les grands rôles ne pleuvent toujours pas. Rien ne marche vraiment pour moi. Est-ce à cause de mon visage à la Boris Karloff ? Est-ce parce que mon agent ne sait trop que faire de ma tête zarbi, flippante ? Ou peut-être ne vais-je pas assez traîner mon physique « spécial » aux premières, féliciter tour à tour sans distinction les bons comédiens et les mauvais. Il faudrait être de tous les vernissages, de toutes les fêtes parisiennes et aller parader aux Bains-Douches pour y expérimenter, en public (il faut savoir se faire remarquer), toutes les formes possibles de sexualité.

Oui, un comédien doit multiplier les occasions de croiser de nouvelles personnes qui l'amèneront, qui sait, à ceux qui, dans l'ombre, détiennent les clés du royaume de la comédie, ceux qui seuls peuvent lancer une carrière. Et alors s'ouvriront les portes de la gloire, qu'on ait du talent ou pas.

Toutes ces pensées fusent en moi puis s'éloignent et je n'entends plus que les voix de mes anciens professeurs de théâtre. Eux qui nous avaient prévenus, les vieux de la vieille, avec chaleur mais fermeté :

— Un dur métier, où les plus beaux rôles sont souvent interprétés ici, à l'école, et nulle part ailleurs.

Je ne comprends rien : je ne suis plus accablé par le malheur. J'ai une famille à présent, je suis aimé, j'aime, et pourtant… Je ne chevauche aucune des étoiles qu'en rêve j'ai si souvent approchées.

Une larme s'échappe. La maquilleuse s'excuse aussitôt :

— Pardon, je vous ai fait mal ?

— Non, non. Vous n'y êtes pour rien. C'est moi, c'est le vague à l'âme. Avec ma tête de zombie en train de se faire, j'ai cru apercevoir dans le miroir le si tristement célèbre visage des clowns blancs.

— Ne bougez pas trop, s'il vous plaît.

J'ai tourné en fin d'après-midi mon unique scène, avec une plaie de zombie, béante et repoussante à souhait, sur le haut du crâne, teint d'outre-tombe et rivière d'hémoglobine sur le reste du corps, les bras, les pieds, les jambes.

Je suis rentré tard. Je me suis mis au lit sans un bruit pour ne pas réveiller Anna. Je préfère que mes déceptions restent discrètes. Mon choix est fait, du moins je crois. Je souhaite être un père présent pour son fils, pour son bonheur, et ne rien rater de ses rires, de ses pleurs, de ses joies. C'est décidé. Le zombie sera mon dernier rôle. Je l'ai joué avec cœur, avec brio, l'ai rendu tellement ardent, ce mort-vivant ; je quitte la comédie avec panache. Je vais me trouver un vrai boulot régulier où l'argent, certes en moindre proportion, tombera tous les mois. Assez de me battre contre des moulins à vent et de n'entendre « Mon royaume pour un cheval » qu'au loin, dans l'épaisseur de la nuit.

Le premier jour

Une main dans chacune des nôtres. Éthan se voit, enjambée après enjambée, soulevé et balancé en avant, faisant ainsi des pas de géant. Il en redemande et, tout le long du chemin, il avance bien plus vite et bien plus haut que ses petites jambes ne pourraient le lui permettre.

Arrivés devant l'école, Anna et moi le couvrons de bisous.

C'est le premier jour. C'est son premier jour et le nôtre aussi.

Mon cœur bat la chamade et je pose, l'air de rien, ma main sur celui de mon enfant. Il bat avec régularité.

Éthan me regarde avec ses grands yeux vert noisette comme pour me dire : « Que se passe-t-il, papa ? Pourquoi ta main est-elle là, sur mon cœur ? As-tu peur ? Peur, plus que moi ? Vous me laissez ici, avec tous ces enfants inconnus de moi, de vous ? Faut-il que je pleure, que je crie, que je me roule à terre ? Que dois-je faire ? Que vais-je faire ? Qui est cette dame qui nous demande d'entrer et vous enjoint de nous quitter ?

» Je ne crois pas qu'un seul d'entre vous imagine vraiment ce qui se passe dans notre petit corps en un instant pareil. Il n'y a pas de comparaison possible. Et si jamais il vous est facile, à vous, d'aller d'un monde à l'autre, sachez qu'il en va tout autrement pour nous, vos enfants.

» Allez, chère maman et cher papa, à vrai dire cela ne vous est pas plus aisé qu'à nous, d'autant que je vois dans vos yeux comme les craintes, les contrariétés, les doutes, vous habitent. Mais voilà, je dois faire mon entrée dans le monde, n'est-ce pas ? Alors je vais pleurer de peur, ou de dégoût, et même d'effroi, puis je vais suivre le mouvement. Nous allons tremper nos mains dans les couleurs et pleurer encore. Nous allons faire connaissance, lier des amitiés, nous préparer à nos ennemis, le tout en pataugeant dans les flaques d'eau de la cour. Nous allons entendre une seule voix toute cette sainte journée où, pour la première fois, je serai livré à moi-même parmi les autres. Indécente solitude dans la foule des enfants qui, comme moi, perdus complètement, vont réveiller au plus profond d'eux-mêmes ce désir de vie intense qu'en ces lieux nous ne trouverons peut-être pas.

» Ne pleure donc pas, mon papa, ne pleure donc pas, ma maman, car aujourd'hui cette peine n'appartient qu'à moi.

» Partez ! Sans vous retourner ! Soyez fiers de vous et de moi. Je vais m'accoutumer avec ou sans difficulté à toutes ces nouvelles têtes. Je vais faire bien attention à la mienne et je ne livrerai mon cœur qu'aux vrais amis, qu'aux véritables amours qu'ici je vais vivre d'une façon si intense qu'ils me marqueront pour ma vie entière.

» Bonne journée, mes parents, et laissez nos cris d'enfants réduire en poussière tous les murs alentour, les faire fondre comme neige au soleil !

» Partez, je vous ai tout dit et ne puis vous en dire plus, car, comme vous le savez, je ne suis qu'un petit bonhomme de trois ans. »

— Monsieur ?
— Oui, madame Langolier ?
— Il est temps de laisser votre enfant.
— Ah oui… bien sûr. Je comprends, madame Langolier.
— Comment s'appelle ce gentil petit garçon ?
— Éthan, madame Langolier.
— Alors, Éthan, tu veux bien laisser ton papa partir et venir avec moi rejoindre les autres enfants ?

Je dépose Éthan à terre et détache ses bras de mon cou. Il pleure, il hurle, la maîtresse le soulève quand même, et je les vois disparaître au loin, dans le couloir aux mille portemanteaux, juste avant que la porte, sur eux, ne se referme.

Le cœur serré, je reprends le chemin de la maison. Je suis d'humeur maussade. Il se met à pleuvoir. Cette banlieue affecte. Tout y est laid, de la terre au ciel, la même laideur. Des chiens enragés hurlent derrière des murs avec, sur la hauteur, la déco préférée du coin, du tesson de bouteille.

Les arbres sont rares et chétifs et les quelques forêts sont recouvertes de sacs en plastique. Sale temps en banlieue tous les jours, et je m'ennuie tellement au milieu de tout ça.

Allez, reprends-toi, Phérial, le monde appartient à ceux qui se bougent les fesses ! Sauf que le monde ne m'intéresse pas. Je stoppe ma litanie. Je dois filer m'inscrire à l'intérim car le CDI, c'est pas comme la pluie, ça tombe pas tous les jours. Tiens bon, mon fils, je serai là. Tiens bon, papa va essayer de trouver du taf, et tout sera pour le mieux.

Mme Zimmerman, la vieillesse à Paris

Je ne sais pas si le travail c'est la santé, mais quand vous avez un enfant, il faut bien se mettre à bosser. Je suis inscrit depuis un petit moment dans une boîte d'intérim au nom prometteur de Hand Power et, incroyable, aujourd'hui, ils me filent enfin du boulot, une mission d'assistant de vie.

Je sonne pour la troisième fois. Rien. Je pressens je ne sais trop quoi derrière cette porte qui ne s'ouvre toujours pas. C'est au niveau de la gorge que cela fait effet. Un fourmillement. Je fais quoi ? Je fiche le camp ? Non ! J'ai enfin trouvé un travail. Assistant de vie ! Je sonne encore.

Derrière moi déboule, impeccablement habillée, une dame, blonde, la cinquantaine, dont le parfum embaume toute la cage d'escalier. Son rouge à lèvres est saignant et ses énormes boucles d'oreilles rondes, doré clinquant, jurent avec son ensemble tailleur, plus rouge encore que ses lèvres. C'est la voisine folle du dessous qui, prenant mon bras tout en dévorant des yeux ma jeunesse, tape énergiquement sur la porte.

— Madame Zimmerman, madame Zimmerman ? Il y a un beau jeune homme qui souhaite vous voir !

Elle frappe de plus belle. Toujours rien. Finalement, elle sort un trousseau de clés et ouvre. Une odeur d'excréments, d'urine me monte immédiatement au nez. J'aperçois, tout au bout d'un long couloir, une vieille dame affalée en bas de son lit, tenant sur ses jambes un plateau-repas.

Elle ingurgite, à l'aide d'une paille, son petit déjeuner. Elle aspire, elle aspire. Là, en chemise de nuit, baignant dans ses besoins, elle continue d'avaler son café au lait sans nous prêter aucune attention. La voisine folle reste interdite, si gênée qu'en un éclair elle lâche son beau jeune homme et s'enfuit presque en courant, me laissant devant ce spectacle aussi navrant qu'étrange, sans plus d'explications. J'entends la porte d'entrée qui claque derrière mon dos.

Je m'approche doucement et le silence engloutit le son de mes pas. Je respire tant bien que mal en répétant pour moi-même que je suis un assistant de vie.

À la confirmation de mon embauche, ils m'ont parlé de Mme Zimmerman. Veuve, toute sa tête, mais seule. J'essaie de rassembler les informations, de ne pas me laisser emporter par le triste cœur de cette femme. Je me reprends. « Sauve et protège », voilà ce qui me vient à l'esprit. Je m'accroupis et, levant enfin son visage vers moi, Mme Zimmerman me demande, comme si de rien n'était, qui je suis et ce que je fais ici. Je prends sa main, je remarque les petites veines bleuâtres qui la parcourent, la blancheur laiteuse de sa peau, puis je plante mes yeux dans les siens.

— Je vais vous aider à vous relever. Je vais vous laver. Je vais tout arranger et vous, vous allez me promettre de ne plus jamais me recevoir dans cet état. À chacune de mes venues, il y aura, entre vous et moi, décence et respect.

Je ne lâche pas sa main et la regarde sans indignation. Elle me fait signe de la tête que oui. Je la débarrasse de son plateau, la soulève et la porte jusqu'à la baignoire. Je la dévêts de sa robe sale, ouvre l'eau, lui demande si la température est bonne et, délicatement, la lave. Je n'avais encore jamais vu de corps nu aussi vieux. La peau est extrêmement douce. Je frotte à peine, j'ai peur d'arracher quelque chose. Mme Zimmerman m'observe tout le long de la toilette. Dans son regard, une lueur point et, grâce au plaisir que procure la sensation d'être à nouveau propre et fraîche, elle s'éveille. J'attrape une serviette et tamponne ce corps vieux de quatre-vingt-six années sur lequel les gouttes d'eau ruissellent. Le visage tout d'abord, le cou, puis la nuque.

— Voulez-vous bien vous tourner, madame Zimmerman ?

Elle se déplace lentement en s'aidant de mes jeunes mains. Le dos fait, je descends vers les fesses. Quelques escarres sont là. Je passerai de la pommade. Enfin, sa main délicate m'aide à son tour lorsque j'arrive à son sexe. Je suis ses mouvements. Il n'y a ni honte ni gêne. Je sens ses quelques forces qui restent et qui tiennent encore à faire le travail à la seule condition, peut-être, de ne pas avoir à le faire toute seule. C'est une question d'honneur. C'est l'attention pure d'un être plus jeune pour un des siens, c'est le partage jusqu'à la mort, nous qui restons, jusqu'au bout, des émotions sans pareilles.

Vêtue de propre, Mme Zimmerman souhaite retrouver son lit.

— J'ai très peu dormi cette nuit, jeune homme. Je ne me sens pas de vous faire visiter le reste de l'appartement…

— Avez-vous fait des cauchemars ? Asseyez-vous sur cette chaise un instant, je vais remettre un peu d'ordre.

Et, tandis que je passe la serpillière, que je change les draps, nous apprenons un peu plus à nous connaître, Mme Zimmerman et moi.

— Pas du tout, jeune homme. Non, cette nuit, j'ai fait des folies. J'ai écouté la radio. Ce que j'aime ces histoires qu'ils racontent. Il y a des passions, des joies, des destinées, des meurtres aussi… Des draps se trouvent dans cette armoire de famille, oui, c'est cela, la dernière étagère. Ah ! Je ne sais pas ce que je deviendrais sans ces petites voix dans la nuit. Cela m'emporte et mon lit reste vide car, voyez-vous, je vole vers de lointaines contrées, au cœur des gens. Et vous, jeune homme, à quoi vous destinez-vous dans la vie ?

— Je suis comédien, enfin j'étais comédien, je ne sais plus trop bien. Ce n'est pas facile, alors en ce moment…

Elle me coupe aussitôt.

— Comédien, quelle magnifique vocation ! Je n'en ai jamais connu jusqu'à ce jour et Dieu sait qu'il y en a eu, des jours. Non, jamais connu. Ma sœur voulait faire ce métier mais notre père, qui était militaire de carrière, ne l'aurait pas approuvé… Non, pas approuvé. Elle est devenue avocate et, d'une certaine manière, elle s'en est approchée. Oh, je la revois, plaidant dans son imposante robe noire. Soumettant sa défense par la seule force de ses gestes et de ses mots, plus d'une fois elle a réussi à retourner ceux qui jugent en faveur de celui qui est jugé. Je l'aimais beaucoup, ma petite sœur. Mais un jour, ils l'ont emportée, là-bas, en Allemagne, où elle est morte...

Je m'arrête, sans voix. Elle me demande, les yeux fermés :

— Resterez-vous pour déjeuner ?

— Oui, je suis avec vous jusqu'à ce soir 20 heures.

— Parfait. J'ai un petit coquelet au frais, il n'y a plus qu'à le mettre à cuire. Ce sera un régal. Les pommes dauphine, vous aimez ?

— J'en raffole, madame Zimmerman, j'en raffole !

— Cela me fait plaisir que vous restiez, d'être en si belle compagnie.

Le lit est fait. Je l'aide à s'allonger en calant bien son dos avec deux gros oreillers et m'assois auprès d'elle. Ses petits yeux d'un bleu transparent soutiennent mon regard et je sens comme elle est, à cet instant, tout simplement heureuse. Ensuite, je passe de la pommade sur ses escarres et m'apprête à lui mettre une couche pour adultes mais elle m'assure qu'aujourd'hui elle n'en aura pas besoin. Le coquelet est succulent et elle se réjouit de mon bel appétit. L'après-midi, elle désire faire une sieste et enfin, à la tombée de la nuit, je l'aide à mettre la couche pour grandes personnes, passe autour de son cou son biper et dépose un baiser sur sa main en lui disant « À dimanche prochain ».

Dehors, le vacarme de la circulation me saute aux oreilles et, levant les yeux au ciel, je n'arrive pas à trouver une seule étoile. Une voiture de police passe à toute vitesse, sirène hurlante, et, le temps d'un instant, je me sens perdu au milieu de cette ville dont la misère cachée s'endort entre les murs d'un appartement du 15e arrondissement sans que personne ne se préoccupe de qui, de quoi. Je rentre épuisé et m'endors dans les bras d'Anna.

Les vieux errants

On n'a pas de fric et on n'a plus de voiture. On n'a que notre jeunesse et notre premier enfant. Aujourd'hui, c'est les courses. Allez hop, j'attache mon ange et en route pour la grande distribution. Je traverse la ville tout fier, mon môme bien calé dans la poussette qui servira de caddie au retour. Casquette sur le front, mon petit gars regarde tout et partout. Parfois j'arrête de le pousser et je me baisse à sa hauteur.

— C'est donc ça, le monde, pour toi ? Tout est immense, les immeubles, tout est bruyant, tout est fort et plein de lumière et moi, ton père, je suis le roi des géants. Je t'aime, mon petit cœur. Allez, en route, il faut que papa ramène les steaks !

Je passe devant la mairie toujours fleurie de bacs de géraniums, les fleurs de vieilles comme on disait étant enfants, puis devant l'église, et là, je prends mon souffle car j'attaque l'immense côte qui mène à la zone commerciale tout en haut sur le plateau. Jusqu'ici, je chantonnais, sifflotais, mais maintenant, je la boucle, cette côte est si ardue qu'elle impose l'économie.

Je suis impressionné par le nombre de gens qui se trouvent dans les galeries marchandes et ce, à toute heure de la journée. Qu'est-ce qu'ils font là, tout le temps ? La même chose que moi, sans doute, ils font les courses et, le vendredi, il y en a plus encore, surtout les vieux. Je les vois, dans les allées au milieu des produits ménagers, des croquettes pour chien-chien et des boîtes de thon aux herbes pour chats de luxe. Ils errent, avides de quelque chose. Mais, si on marche plus doucement, si on s'arrête même, si on les regarde, ces personnes du troisième âge ne manquent pas de vous saluer, d'engager le bout de parlotte, et, surtout, ils se penchent sur mon ange et les questions fusent :

— Il a quel âge, ce petit coquin ?

— Il a les yeux de son père ou de sa mère ?

— Vous êtes toujours ensemble ? Oui, je demande, parce que de nos jours le divorce a le vent en poupe ! Ah, le monde part à la dérive, vous êtes jeune, profitez-en. Il est beau comme tout !

— Tu veux un bonbon ?

— Il est mignon, vraiment, et il est toujours aussi calme ? Parce que mes petits-enfants, c'est pas de la tarte, ils cassent tout ! Oh, ils sont bien vivants ! Remarquez, faut pas s'en plaindre, vaut mieux les voir comme ça !

Ils me touchent, ces vieux errants.

Je lâche la vieillesse des allées et je remplis la poussette. Pâtes à gogo, riz, farine, steaks façon barbecue, les mêmes qu'à la publicité. Je suis comme tout le monde, j'achète et je crois que tout ça est bon. On passe à la caisse, j'apprends à mon enfant à ne pas toucher toutes les friandises que ces infâmes du marketing ont placées pile à la hauteur de leurs mirettes. Ils s'en fichent des dents cariées, de l'hygiène, des abcès à venir. C'est cela qu'essayait de me dire tout à l'heure le petit vieux tout maigrichon par « Le monde part à la dérive, à la dérive ! ». Tout le monde sous la vague bientôt, tout le monde en terre, mort, sous le capot !

— Ça vous fait quatre-vingt-deux euros.

L'art martial

Je suis en mission, de nouveau dans l'assistance. Je file à Nation. Je grimpe les escaliers en un éclair, je suis en forme et il fait super beau. Le travail est tout simple. Je dois aller chercher une jeune femme chez elle et l'emmener jusqu'au resto de son père à Miromesnil, un seul changement, c'est du tout cuit, à 15 heures je suis rentré chez moi, en banlieue.

— Bonjour, je suis la maman de Sophie. Entrez, je vous en prie.

— Bonjour, madame, je suis Phérial, l'assistant de vie. Je viens pour votre…

— Bien sûr, bien sûr… Sophie, tu es prête ? Elle ne répond pas toujours. Sophie ?

Une sorte de grognement se fait entendre, au fond du couloir. J'interroge la maman des yeux.

— Ne vous inquiétez pas, elle a son caractère et, depuis sa chute… on peut dire qu'elle a changé. Pas toujours facile pour elle. Elle était monteuse dans le cinéma avant et elle faisait beaucoup de sport aussi, du karaté surtout. Elle adorait aller aux entraînements… Elle montait sa jambe plus haut que moi, vous vous rendez compte ?! Sophie ?

Je regarde la maman. Elle n'est pas très grande mais sa fierté est immense quant à sa fille, tout aussi immense que son chagrin. Les maladies, c'est pas mon truc, je préfère me taire. Je veux bien aider sans trop poser de questions, et puis si la personne ne veut pas en parler c'est qu'elle a ses raisons. Sophie déboule dans la minuscule entrée de leur appartement. Elle a un gros bonnet rouge sur la tête et une écharpe violette. Elle respire fort et ne me regarde jamais. Je me sens tout bête et je lance :

— Tu ne vas pas avoir trop chaud ? Tu sais, il fait très beau dehors.

Grognement. La maman m'explique que c'est une coquetterie de sa part et que son bonnet lui permet de cacher la cicatrice de son opération à la tête.

— Ah oui, je comprends… Bon, en même temps… il peut faire frais dans les couloirs du métro, on a vite fait d'attraper la mort. Oui, enfin c'est une expression…

Je me sens tout bête et Sophie, les yeux rivés sur le mur, ne dit rien.

— Bien, madame, je crois qu'il est temps d'emmener votre fille. C'est bien son père qui nous réceptionnera au restaurant ?

— Exactement, vous avez tout compris. Bon voyage.

Elle dépose une bise sur la joue de sa fille. Re-grognement.

— Bien, alors, euh, on y va. Tu es prête Sophie ?

Sophie, pour toute réponse, ajuste son bonnet jusqu'à ses oreilles et me tend la main en prenant une pose de karatéka. Je flippe un peu. La maman est ravie et me fait signe de la lui prendre. Prudemment mais fermement, je glisse ma main dans la sienne. Et nous voilà donc, main dans la main, ma grande sportive au bonnet rouge et moi, direction Miromesnil. En marchant jusqu'au métro, j'ai une drôle de sensation. Je me dis que ce beau soleil cache quelque chose, que cette situation est plus périlleuse qu'il n'y paraît, bref que l'argent facile ça n'existe pas. À peine sommes-nous assis dans la rame bondée que Sophie se met à hurler que les Noirs sentent mauvais et que les plus sales c'est les Chinois, qu'elle le sait bien, elle a souvent aidé sa maman, qui tenait avant un pressing vers Belleville, à mettre le linge sale de tout le monde dans les machines et elle a vu toute la saleté du monde dans les habits de cette humanité dégueulasse.

Avant qu'elle ne s'en prenne aux Arabes, je me dresse devant les gens mécontents qui s'avancent vers cette pauvre Sophie et j'essaie de calmer le jeu. Devant moi, des Africains bâtis comme des montagnes me toisent, me prenant pour son petit copain, le responsable mâle de l'insulte…

— Messieurs, messieurs, on se calme, je suis assistant de vie. Sophie est malade… elle a une maladie qui… qui fait que… qu'elle dit des choses qui n'ont aucun sens… elle ne le pense pas et moi non plus. D'ailleurs, j'aime beaucoup l'Afrique et l'Asie, avant j'habitais Barbès, c'est vous dire…

Sans prévenir, Sophie, qui me tient toujours la main, se lève aussi et entame une série de gestes, de katas et, à un moment, balance sa jambe en l'air, le tout en marmonnant en japonais. Les gens s'écartent devant la démence. Sophie souffle de plus en plus fort et grogne plus encore. Je ne sais pas trop quoi faire. Est-ce que je me tire et laisse cette Bruce Lee massacrer tout le monde ? Il me faut agir vite avant le pugilat ! Hop ! Je fonce sur elle et lui retire son bonnet rouge. Sophie s'arrête net, comme un robot dont on aurait retiré les batteries. On peut voir sur son crâne tout chauve une large cicatrice en arc de cercle au-dessus de son oreille gauche, comme celle qu'ont les humains prisonniers dans *La Planète des singes*. Nous regardons tous cette cicatrice et on n'entend plus que le bruit de la machine. Sophie me tend la main doucement et je l'aide à se rasseoir. Je lui rends son bonnet qu'elle remet sur ses oreilles. On descend à Miromesnil et je livre la jeune femme. Elle s'engouffre dans les bras de son papa.

— Ça s'est bien passé ?

Face à mes hochements de tête hésitants, il ajoute :

— Est-ce que vous serez là, tout à l'heure, pour la ramener à sa maman ?

Je sens dans sa question qu'avant moi, quelques assistants de vie ont fait l'aller mais pas le retour. Je lui demande si je peux boire un truc sucré. Ce bon père, rongé par le malheur, me sert aussitôt. Il ne sait pas que moi non plus, il y a longtemps, je ne parlais pas, j'avais la rage muette des êtres malades, anxieux de vivre, peureux de mourir, d'amour et d'attentions constamment assoiffés.

Je bois mon jus de poire d'un trait puis me lève et lui réponds que oui, je serai là tout à l'heure.

Je profite des quelques heures que j'ai devant moi pour faire un saut chez Guilé. Je lui raconte mes nouveaux boulots et il me dit que j'ai bien du courage d'avoir arrêté la comédie mais bon, dans la vie, on ne choisit pas toujours. Il veut savoir si j'ai des photos du petit, et Nada, qui vient d'arriver, aussi.

Avant de les quitter, je leur dis qu'on viendra, pas ce dimanche mais le prochain et que cela ferait plaisir à Anna qu'un de ces quatre, ce soit eux qui viennent à la maison. Guilé me répond « On verra ».

J'entre dans le restaurant et le père de Sophie, soulagé, vient tout de suite à ma rencontre. Je tends la main à sa fille qui me regarde enfin.

L'annonce

Au milieu de notre jardinet de banlieue se dresse un beau cerisier à l'ombre duquel, assis dans l'herbe, je tiens dans mes bras Éthan qui dort. Il a de longs cils noirs. Ses cheveux commencent à boucler comme ceux d'Anna. Quel bel enfant, mon fils. J'ai tellement envie de le réveiller pour lui dire que je suis fou de lui, que je l'aime, qu'il est le plus beau. Mais je me retiens, il est si paisible, confiant. C'est surprenant comme ce petit être me touche, me ravit au plus haut point. J'étais loin d'imaginer l'amour qu'un enfant peut faire naître en soi. Sur le moment, ce « Phérial, je suis enceinte » m'avait transporté jusqu'au ciel, saisi par un mélange d'étonnement, de fierté. Mais en une fraction de seconde, j'étais retombé de mon nuage de père tout-puissant, assailli par mille questions. Comment vais-je faire ? Suis-je prêt pour ce jeu-là ? Et est-ce vraiment un jeu ? Et Anna, est-elle prête ? Est-ce qu'une femme, c'est comme un homme ? Est-elle déjà mère ou le devient-elle ? D'ailleurs, comment c'est, pour un homme ? Et quel prénom on va lui donner ? Ça va être une fille, un garçon ? On peut être sûr à partir de quand, qu'il a tous ses doigts et tous ses orteils ? Et s'il y avait des complications ?

J'avais pris une chaise, bien plus fatigué qu'Anna, et, la tête entre les mains, j'avais commencé à marmonner :

— Anna, j'y connais rien aux enfants. Je sais bien que nous avons pris notre décision. Mais là, c'est un peu rapide, non ? Comment on va s'en sortir, Anna, comment on va faire ? T'as vraiment réfléchi ? Tu sais que moi, je ne suis pas du tout un père. Je n'ai aucun modèle, aucun repère. Je sais faire un tas de choses, mais ça… je ne crois pas. Je ferais mieux de partir, non ? Mais qu'est-ce que tu fais ? Arrête de porter cette pile d'assiettes, les fausses couches c'est surtout dans les trois premiers mois et il y en a plus qu'on ne le croit. Assieds-toi ! Quoi ? Oui, tu as raison, tu n'es pas malade, tu es enceinte. Oh, Anna, ça me brûle tellement à l'intérieur, j'ai l'impression que je vais y laisser mon cœur. Je n'ai pas l'habitude, je suis tellement heureux. Faut que je sorte prendre l'air !

En marchant sous les lampadaires, je voyais mon ombre apparaître, disparaître, et je la trouvais bien chanceuse de pouvoir s'échapper ainsi à son gré. Ce n'est pas que je songeais à partir, mais voilà, aimer un enfant qui est encore à peine là, aimer sans voir sans toucher sans espérer quoi que ce soit, juste aimer, cela me paraissait impossible, à moi qui fus un enfant dépourvu du sein maternel, de l'amour, des caresses.

Je suis rentré quelques heures plus tard et j'ai trouvé, sur mon oreiller, un petit mot d'Anna, déjà endormie.

Ne t'inquiète pas, mon Phérial, il vit, grandit, je suis là, je le protège, tu me protèges. Ne t'inquiète pas.

Je t'aime.

Le prodige de la musique

Comme j'ai explosé le score, deux assistances réussies, j'ai eu droit à une ovation et ils ont même remis le couvert à Hand Power. Je suis reparti avec une nouvelle mission en poche, toujours à Paris.

Debout, face au tableau, mains dans le dos, M. Engelman ne bouge pas. Il inspecte un à un les objets du vaste salon de son hôtel privé de Saint-Lazare, et ça, depuis plus d'une heure. Moi non plus je ne bouge pas, confortablement assis, je regarde faire ce vieux monsieur. La moindre babiole reçoit sa plus grande attention. Il détaille toutes ces choses qui trônent sur des buffets napoléoniens ou sur les murs tapissés façon château de Versailles.

Par moments, il tourne sa tête vers moi et me murmure d'un air dépité :

— Vous êtes qui, vous ?

Il décroche un tableau.

— Non, ne dites rien.

Son visage s'approche tout près de la toile, il la renifle.

— Vous pouvez peut-être m'aider, parce que, enfin, quel fromage ce coussin ! Qui a osé mettre tout cela chez moi, dans ma prison ? Qui ?

Sa colère est réelle. Il fracasse le tableau contre le sol avec une force insoupçonnée et commence à le piétiner. J'éclate de rire, et lui aussi se marre à présent. Je me lève et prends la main de M. Engelman. Il se calme. Je ramasse la barbouille déchiquetée et lui propose à boire. Il me fait signe que oui et, lorsque je lui apporte le verre d'eau, il me fait signe que non.

Toute l'après-midi s'est déroulée ainsi, avec des oui, des non, des incertitudes blessantes, des mots qui ne veulent absolument plus rien dire, des phrases incohérentes, de colère, d'apaisement et de colère encore.

J'avais rencontré la famille une semaine plus tôt, sa femme, les enfants, et ils m'avaient fait le topo : le vieux a commencé à se lever en pleine nuit, tout encravaté à 3 heures du mat', en réclamant un taxi pour prendre un avion direction Londres où une vente aux enchères l'attendait.

M. Engelman est le plus grand commissaire-priseur de Paris et c'est assez troublant de le voir s'enrager sur ce tableau qui, comme tous les objets qui se trouvent ici, a dû être choisi par ses soins. Je ne saurais dire si mon fou rire provient du comique de la situation ou du malaise qui s'en dégage.

Je ne devais rencontrer M. Engelman que d'ici un mois, mais Mme Engelman s'étant brisé le col du fémur hier, tout a été précipité. Les enfants veulent mettre leur vieux père au vert dans une de leurs propriétés pendant deux mois, en province. Je dois leur dire, à la fin de l'après-midi, si j'accepte de le leur garder jour et nuit pendant ces deux mois, épaulé de temps en temps par l'un des enfants, le fils, qui doit bien avoir dans les quarante-cinq ans.

Devant la colère solitaire de M. Engelman, je n'ai pas eu le cœur de refuser. Ils m'ont remercié chaleureusement et, la larme à l'œil, ont ajouté que je serai payé rubis sur l'ongle.

Deux semaines plus tard, me voilà rendu dans leur propriété, sirotant, au bord d'un étang gigantesque, une boisson bien fraîche en surveillant du coin de l'œil le téméraire Monsieur Maladie d'Alzheimer. Au fil du temps, je m'accoutume à ses excentricités. C'est vrai qu'en pleine nuit, il se lève, s'habille de pied en cap et compte bien prendre le train. Il fait tant de bêtises, confond scie et marteau, couteau tranchant et couteau à beurre. Oui, avec lui, comme avec les enfants, le mot « danger » prend tout son sens. Avec lui, l'explosion, le sang qui coule, se perdre au fond d'un bois n'est jamais loin…

Bien que les mots lui manquent, limitant nos discussions à presque rien, je l'apprécie chaque jour un peu plus, cet homme dépourvu de mémoire.

Je profite qu'il n'ait pas toute sa tête pour inviter mes potes de Paris et de banlieue. On laisse notre petit à la mère d'Anna et on organise des teufs dans lesquelles M. Engelman nage comme un poisson dans l'eau. C'est fou comme le monde lui fait du bien, comme la musique lui fait du bien, la jeunesse, la beauté. Ne pas se sentir une vieille chose pour laquelle les autres n'ont plus d'intérêt, ça aussi, ça lui fait du bien, beaucoup de bien. Quand le fils rapplique, tout le monde se tire, Anna m'aide pour remettre la maison en état puis s'en va en douce.

Le fils est un énergumène. Il n'a jamais travaillé. Il est, comme on dit, rentier. Il a la lèvre pendante, l'œil torve et s'entête à se croire musicien. Il est en permanence accompagné de sa guitare et, dès que le rejeton taquine les cordes, son père manifeste sa désapprobation par des cris aigus ou des petits sauts sur place. Faut dire qu'Engelman fils est loin d'être M. Hendrix et que, moi aussi, je préfère quand il n'y touche carrément pas.

Un soir, papa Engelman a balancé sa soupe en direction de son fils cinglé du médiator qui nous faisait part de son inspiration *country music* du moment. Pour toute réponse, l'enfant gâté a fusé du canapé et a explosé sa guitare sur un des murs du salon, à la manière des Who, en hurlant :

— Je suis un raté, je ne le nie pas et même, je suis le raté de la famille ! Je n'ai rien fait de ma vie et ne compte pas en faire quoi que ce soit. Et pourquoi le ferais-je, avec toi qui me verses tous les mois le quadruple de ce que Phérial gagne en trente jours ? Raté ? Mais à qui la faute ? Peut-être à toi, mon riche papa. Toi qui m'as tout payé, tout acheté. Toi qui ne m'as jamais réellement laissé entreprendre, toi qui, comme tous les hommes riches, les hommes de décision, de pouvoir, n'a rien à dire à sa dérisoire progéniture. Toi qui, pour finir, ne m'as jamais aimé, toi qui as même contraint maman à le faire en secret, derrière ton dos, envolées de tendresse et mots apaisants dont le saint patron de la maisonnée ne devait sous aucun prétexte avoir connaissance, pour ne pas interrompre son précieux travail d'homme, d'homme qui compte dans le monde. Raté par manque d'exemple, raté de fils, sur qui tu jettes encore une fois ta soupe en travers du visage. Mais voilà, vieux débris, aujourd'hui prend fin ton emprise, aujourd'hui tu vas me laisser jouer de la seule chose qui, sur cette terre, me réconforte, et cela quand je le veux et autant de fois que je le veux. Tu sais pourquoi ? Parce que, aujourd'hui, tu n'es plus rien. Plus rien qu'un pauvre infirme, indigne…

Je lui aurais bien écrasé mon poing sur le nez mais il faut savoir rester professionnel. Je l'ai simplement éloigné de son père et le musicos s'est affalé dans le moelleux du canapé. M. Engelman s'est mis à ramasser les débris de la guitare. Il les a déposés près de son fils qu'il a ensuite pris dans ses bras. Le fils sanglote et son père caresse à présent son visage trempé, en enchaînant des phrases incohérentes.

— Ne ploie pas, tes feux sont là. Écoute les pas de cette jeune fille ignorée par la beauté. Ses immenses yeux, ses pleurs chantés…

Je les laisse en ne sachant plus vraiment qui, du père ou du fils, est le plus malade.

M. Engelman m'épuise, je ne sais quoi dire de cette famille, de la famille en général. Tout est vain, aussi vain que lorsque, enfant, on veut compter les étoiles, toutes les étoiles.

J'ai honoré mon contrat jusqu'au bout. Deux mois entiers, j'ai gardé l'homme souffrant et je suis ressorti de cette aventure humaine sur les genoux.

Par la suite, à Hand Power, il y a eu de moins en moins de « missions d'assistance ». Le monde était en train de changer : pour être plongeur ou serveur dans un resto, magasinier ou ramasseur de cartons, il fallait coûte que coûte déposer CV avec photo et lettre de motivation. Le balayeur est devenu un technicien de surface, la caissière une hôtesse de caisse, et les open spaces ont abattu toutes les frontières pour faire croire qu'au travail, les employés et le patron avaient disparu pour laisser place à des collègues, que dis-je, des amis ! On se tutoie, on s'envoie des SMS, des mails en attendant l'avènement des émoticônes.

Parfois, au milieu de ces changements, je me souviens de M. Engelman quand je l'emmenais prendre un bol d'air dans le monde. Avec Anna, nous lui avions fait découvrir un de ces petits bars yougos devenus rares depuis la guerre des Balkans, L'Auberge de Serbie, dans le 18e. Il avait mangé des frites et des *ćevapčiči* au son des violons et des accordéons tsiganes, heureux comme un pape. La patronne, une grosse bonne femme, hurlait en serbo-croate :

— L'appétit de ce petit monsieur est tel, que j'ai envie de me marier avec lui.

Tout le monde s'esclaffait et M. Engelman ne comprenait rien, mais mangeait de bon cœur les plats tout simples qui lui étaient présentés.

Il est mort peu de temps après mon départ et sa femme dans la quinzaine qui a suivi.

Foutue vie, foutu Alzheimer.

Chaque matin sans théâtre

Il doit être 5 heures du matin. Je viens de me faufiler au chaud sous la couette. J'entends la respiration d'Anna. Je reste les yeux grands ouverts à rêver de scènes, de rôles qui ne viennent pas. Faut dire que j'ai fait un choix.

C'est quoi un intérimaire ? C'est un type comme moi qui va de mission en mission, pour un jour, deux jours, pour un mois, pour la vie qui sait, et qu'on peut virer sur-le-champ, comme on renvoyait, au XIXe, les saisonniers, les bonnes, les garçons de ferme, les femmes de chambre, les illettrés, les indigents du monde entier.

En ce moment, je ravitaille en batteries des femmes, jeunes et moins jeunes, qui, de leurs mains agiles, les insèrent dans des téléphones portables. Il n'y a que des femmes. Les hommes soulèvent les cartons, chargent, déplacent et alimentent les tables de tous les éléments constituant ces appareils qui se vendent comme des petits pains. On file de table en table en se servant de nos transpalettes comme de patinettes géantes. On a la trentaine, on déborde d'une énergie que l'on dépense sans compter dans ces boulots de bas étage mais pas trop mal payés, et les p'tits chefs, toute la journée, essaient de nous coincer en train de faire les guignols sur nos bolides improvisés, hurlant dans ces immenses entrepôts qu'il est interdit de détourner la fonction de nos instruments de travail. Bref, interdit de se marrer. Rien à faire, on continue à jouer de la guibolle, on file plus vite que Buzz l'Éclair en laissant les « ordres » se cogner tout là-haut contre la tôle, mourir dans les recoins les plus sombres du monde de l'entreprise.

D'intérim en intérim, je me suis fait une bande de potes, des lascars de banlieue : Momo, la blague facile et toujours défoncé aux « drogues douces », comme il dit ; Kévin, certain d'être le descendant d'une illustre famille du Moyen Âge, qui tripe sur les jeux de rôles avec costumes de naze et jeux vidéo du même acabit. Il se voit en seigneur féodal, bon, juste, loyal, qui fait prospérer ses terres virtuelles, amasse du grain, des fruits, du fromage, du bétail, le tout pour constituer une armée bien entraînée, car l'intelligence artificielle va lui mettre une raclée. Enfin, il y a Bastien, le black, le Renoi qui a repris les études par correspondance, qui galère avec sa famille logée à La Grande Borne, où les immeubles sont des boulevards et les rues des chemins perdus, des petits sentiers. Il veut s'échapper à tout prix de cette banlieue, vote Lutte ouvrière et déteste la fumette et toute autre drogue. D'ailleurs, il engueule Momo chaque fois qu'il le surprend à tirer sur ses mégots qui empestent la beuh bon marché, c'est-à-dire toute la journée. Momo ne se formalise pas, il dit qu'elle vient du bled, que c'est de la bonne, que ça le fait bien rêver.

Caristes, serveurs, déchargeurs de trente-huit tonnes, livreurs, on a tout fait, exploré toute la gamme des boulots sans avenir qu'offre en illimité cette gigantesque fournisseuse de cauchemars éveillés qu'est la banlieue.

Hier soir, Momo a rapporté sa console et du gazon bien vert, Kévin sa télé et des bières et Bastien les brochettes d'agneau. Comme d'habitude, on a fait un barbeuc' dans mon écrin de verdure, oasis entourée de poubelles. Ensuite on a branché nos PS2 et joué à FIFA toute la nuit. Allemands, Brésiliens, Argentins, Belges ou Roumains, on a tapé du ballon en essayant tous les champions du moment. On a ragé, on s'est marrés de tout, de rien, on s'est félicités pour d'improbables coups francs et insultés pour des penalties ratés. La nuit a passé plus vite encore que la journée et chacun a retrouvé son lit, son semblant d'intimité, harassé d'avoir couru sans courir, en essayant de penser à un avenir meilleur, même si aucun de mes potes n'est dupe : les lendemains orageux et sans surprise sont bien plus nombreux que ceux qui chantent.

Et voilà, tous les week-ends c'est comme ça, barbecue, console, blagues grasses et Anna qui me fait la tête de me voir faire l'autruche.

Une larme coule au coin de ma paupière.

Où est-il, celui que je souhaiterais tant jouer ? Où es-tu, mon Richard III ? Toi que j'imagine dans les rues, te mêlant au peuple qui s'affaire, ou parmi les nobles qui déploient leurs atours, leurs habits chamarrés, leurs trésors de beauté. Jetant de-ci, de-là, une obole insultante aux mendiants éternels que toi, Richard le claudiquant, tu attrapes en plein vol en maudissant tour à tour l'oisiveté, la luxure et l'indigence. Où es-tu, Richard, toi qui, lorsque tu auras le pouvoir absolu sur la société des faiseurs de lois, des riches, des décideurs, des jouisseurs des sublimes mollesses, raviras l'amour par le meurtre ? C'est alors que le sang entraînera le sang et que du monde en guerre surgira le chaos, le néant.

Où êtes-vous, Shakespeare, Marivaux de mes vingt ans ? Dans quelles contrées ? Poètes, musiciens, vous, les forgeurs de miracles, vous aux vers délicieux ? Vous qui, longtemps encore, si votre travail est bien fait, nourrirez les autres, sans qu'ils sachent rien des peines endurées.

Mais comment avez-vous fait avec femme et enfants ? Quel temps leur avez-vous accordé ? Moi, j'ai préféré arrêter la comédie. Pourquoi ? Peut-être parce que lorsque je joue, je suis un autre, accaparé, entièrement dévoué à la scène. Mais lorsque je ne joue pas, mon cœur défaille. Quel père suis-je alors ? Parfois, chers amis, Danie vient me rendre visite. Sans un mot. Elle est là, pâle, cachée derrière un arbre ou flottant au plafond. Son apparition doit bien vouloir dire quelque chose ? J'ai peur. Impossible de fermer les yeux. Parlez-moi ! Que dois-je faire ?

— Anna, tu dors ?

— Non, tu viens de me réveiller.

— Tu crois que je vais bosser comme ça toute ma vie ?

— J'en sais rien, Phérial. Je ne sais plus rien à propos de toi, mais si tu continues, tu deviendras fou.

Au bord du gouffre, les larmes cessent.

Il faut que j'appelle Mme Mireille.

La forteresse

Je cherche dans ce carton qui me suit depuis des lustres, parmi les quelques photos de ma jeunesse. J'ai dix-sept ans, mon premier appart' à Tracy-sur-Loire, dix-neuf ans, entrée à l'école de théâtre de Bourges, vingt-deux ans, sur le mur de Berlin avec Danie, avec ma mère. Où est-ce que j'ai mis ce numéro ? Ah, le voici.

— Agence du placement familial de Tracy, je vous écoute.

La même secrétaire qu'il y a vingt ans, comme si, à Tracy-sur-Loire, rien n'avait bougé.

— Bonjour, madame Inès, c'est Phérial Chpapjik. Est-ce que je pourrais parler à Mme Mireille ?

— Oh, Phérial ! Tu as de la chance, elle vient juste d'arriver. Je m'assure qu'elle n'est pas en rendez-vous et te la passe.

Musique d'ascenseur, mais pas trop longtemps.

— Bonjour, Phérial ! Ça me fait plaisir que tu m'appelles.

— Bonjour, madame Mireille. Ça me fait plaisir de vous appeler.

— Tu n'as pas changé.

— Et comment pouvez-vous le savoir ? Nous ne sommes qu'au téléphone !

— Ta voix… Phérial, après tout, je ne te connais que depuis l'orphelinat et plus tard tu n'as été dans mon effectif que pendant dix ans au cours desquels les aventures ont été nombreuses et tumultueuses. Voilà, entre autres, ce qui me permet de te dire que tu n'as pas changé. Le fait que tu disparaisses à un moment des radars ne change rien à l'affaire, tu restes mon enfant sans famille préféré. Venons-en au fait : que me vaut l'honneur de t'entendre ?

— Vous n'iriez pas, par hasard, pour votre travail, à Créteil ?

— Pourrais-tu être plus précis ?

— Oh, que j'aimerais être plus clair. Mais… C'est-à-dire que…

— Je vois, je vois, je vois. Ça n'a pas l'air d'aller, toi ?

— On peut le dire comme ça. Vous voyez comme vous avez raison, je suis resté le même. Blague à part, j'aimerais beaucoup vous voir. Parce que justement, vous êtes la seule à me connaître depuis si longtemps. Plus longtemps que ma propre mère, vous vous rendez compte ?! Et puis, en toute sincérité, je n'ai personne d'autre vers qui me tourner.

— Ça va mal à ce point ?

— Oui, madame Mireille.

— Après toutes ces années, tu ne veux toujours pas me tutoyer et m'appeler Mireille ?

— Non, madame Mireille.

— Eh bien, n'en parlons plus. Je dois aller à Créteil d'ici trois jours.

— D'accord, retrouvons-nous à midi devant la forteresse.

La forteresse ? C'est cet imposant bâtiment en ciment en forme de champignon, dans lequel sont archivés tous les dossiers des enfants de la DDASS, les orphelins de l'État. C'est ici même qu'il y a bien des années, j'ai dérobé le mien puis l'ai rendu à la Seine, afin que ce boulet administratif n'accable plus mon avenir.

Je fais signe à Mme Mireille et nous allons prendre un café.

Bien sûr, elle a vieilli, mais comme avant, de son regard émane cette force incroyable toujours prête à protéger, écouter, soutenir les plus démunis, soulever les montagnes.

À la vérité, je suis extrêmement ému de la retrouver. Non pas comme un fils qui revoit sa mère – d'ailleurs, elle et moi, par le passé, nous avions élucidé cette question –, mais comme un enfant qui a grandi et, devenu un homme, sait ce que l'on a fait pour lui.

Elle a raison, le temps ne change rien à l'affaire, elle reste et restera à jamais dans mon cœur.

Sans détour, je lui dresse un tableau de ma vie actuelle, puis j'en arrive à ma mère, à mon père, à Éthan. Elle m'écoute attentivement comme elle a toujours su le faire, avec une grande considération, elle qui connaît si bien l'enfant puis le jeune homme que je fus, elle qui m'a ramassé si souvent à la petite cuillère.

— Alors, qu'en pensez-vous ? Je suis perdu ?

— Je ne crois pas, Phérial. Je peux seulement te rappeler que ni les anxiolytiques ni les violences que tu as subies au sein des familles d'accueil n'ont réussi à te briser. Pas même l'abandon de ta mère. Du haut de mes soixante ans de vie et de mes quarante ans de carrière, voilà ce que je peux t'assurer : tu fais partie des rares enfants à t'en être plutôt bien sorti. Souviens-toi de ce que je t'ai dit il y a longtemps. Plus des trois quarts des enfants placés tournent mal. Prostitution, drogue, psychiatrie, suicide et j'en passe… Et moi, je peux te dire, et j'en ai vu des jeunes à l'abandon, que tu t'en sors extraordinairement bien. Tu as été placé dans douze familles. Et quelles familles, Phérial, parce qu'à cette époque, les orphelinats fermaient les uns après les autres, et il y avait tant d'enfants à gérer. Alors personne n'était trop regardant. Dès que l'enfant était placé, le plus dur était fait. C'était ainsi. Injuste et terrible et on ne peut pas refaire l'histoire. Douze modes de vie, ensembles de règles, croyances, habitudes, sans compter que tu as été trimbalé aux quatre coins de la France. Tu t'es adapté à chaque fois. Comment as-tu fait, Phérial ? Moi qui ai encore à mon grand âge des rapports houleux avec ma propre mère… Comment as-tu fait ? À ton sujet, je me la suis posée bien souvent, cette question, et je n'ai pas de réponse. Quant à ton petit Éthan, eh bien, Phérial, rien n'est facile. Penses-tu vraiment qu'il m'a été aisé, à moi, d'élever mes enfants ? Ne crois pas que je sois devenue mère, reine de l'éducation parentale, en un jour, et femme, reine du désir, en une nuit.

— Madame Mireille, « reine du désir », ouh !

— Ah, ça suffit, Phérial, pas de moqueries. Cela dit, il n'est sans doute pas toujours évident de partager la vie avec toi et je trouve, d'après ce que tu me racontes, que ton Anna, non seulement ne s'en sort pas trop mal avec votre fils, mais qu'elle a l'air aussi d'être une sacrée femme. Maintenant, pour ce qui est de ta mère, je ne me suis jamais permis, lorsque tu étais sous ma responsabilité, de te dire ce que j'en pensais.

— Et aujourd'hui, vous en pensez quoi ?

— Peu de choses, Phérial, rien qui vaille la peine d'en parler.

— D'accord, je respecte. Et pour mon père ?

— C'est encore plus compliqué. N'étant pas nécromancienne, je ne vois pas comment je pourrais t'aider même si je comprends très bien qu'il te manque en ce moment plus que jamais. Phérial... Reprends-toi. Aie confiance et, au risque d'être redondante : tu as su te dépêtrer de bien des situations. En tout cas, moi non plus, je ne change pas : j'ai confiance en toi.

Nous nous sommes quittés devant la forteresse et, pour la première fois, je l'ai prise dans mes bras. Ma façon de m'excuser d'avoir disparu, de ne pas l'avoir appelée à la mort de Danie ni à l'arrivée d'Éthan dans ma vie. L'orgueil sans doute de croire qu'en toute occasion je pouvais me passer de celle qui me connaît depuis mes quatre ans.

Au milieu des tours en béton, j'ai marché longtemps, envahi par cette sensation de ne rien comprendre au passé, au présent, à l'avenir qui m'effraie tant. Marché, sous la pluie et le vent.

Je vais devoir poursuivre, accompagné par les craintes, les obsessions.

Il faudra pourtant, un jour, comme me l'a dit Mme Mireille, que cela cesse.

Que cela soit écrit et accompli.

Noël, le vélo et les chieuvres

Près du sapin étincelant, Éthan, assis et concentré, se lance dans la plus indélicate opération qui soit et dans laquelle tous les enfants excellent, j'ai nommé : l'arrachage du papier cadeau.

Petites mains fébriles, papier qui se déchire, qui crisse sous les ongles et l'impatience de savoir ce qui se cache, ce qui vit, ou ne vit pas, sous cette robe froissée et bientôt, le présent mis à nu, sous les yeux ébahis de notre enfant, apparaît comme le plus beau songe puisé dans notre imagination. Éthan contemple avec un calme exemplaire, ne cédant pas à la tentation de hurler sa joie aux sapins du monde entier, l'objet maintes fois rêvé. Anna et moi en avons les larmes aux yeux. Oui, les larmes aux yeux ! Et les parents d'Anna aussi ! Là, au beau milieu du salon, comme d'heureux imbéciles que la joie éclaire, nous assistons à la découverte du plaisir de notre petit Éthan, qui, du haut de ses quatre ans et demi, fait face à son désir exaucé.

Ça n'a pas tardé. Tout est question de sons et de lumière. Je me suis vu, comme l'an dernier, me retirer à pas lents de la pièce, pour, tout doucement, quitter Noël. Anna m'a rejoint sur le lit de notre chambre, avant que le malaise enfle, se fasse tempête dans ma tête, et m'a vu une fois de plus me transformer de père comblé en être cataleptique qui, perdu dans une contrée lointaine, revoit à peu près ceci.

— Entrez, entrez donc. Ben ça ! C'est-y pas un long voyage que vous avez fait là ? Pas la porte d'à côté, hein ? C'est-y pas vrai ? demande la dame.

— Assoyez-vous, nous dit le monsieur, mari de la dame. J'va vous servir un petit queuque chose à boire. Il a-t-y soif, ce grand garçon-là ?

Je fais oui de la tête.

— Une chtite grenadine, ça ira ?

Je ne comprends pas tout ce qu'ils disent mais je fais encore oui de la tête et j'observe. La dame porte un grand tablier à fleurs par-dessus une blouse à fleurs aussi. Elle a les cheveux gris et une dent jaune, en or. Le monsieur a une casquette à rayures un peu sale vissée sur la tête, qui s'appelle une gaupette. Je le sais parce qu'à l'instant, sa dame vient de lui dire :

— Enlève donc ta sale gaupette de d'sus ta tête quand on est dans la maison, enfin bon Dieu de bon Dieu ! Ah, les bonshommes !

Le monsieur sourit et me tend ma grenadine.

— Merci, monsieur.

— Oooh ! Pas d'monsieur ici, mon chti gars ! Pas de manières, j'm'appelle Lucas et tu peux dire Lulu !

— Merci, monsieur Lulu.

— Et toi, t'as-t-y un prénom ? questionne la dame.

— Oui, madame : Phérial.

— Phé quoi ?

— Phérial, madame !

— Oooh ! Pas de madame non plus, mon chti gars, elle s'appelle Henriette et tu peux l'appeler Riette comme les rillettes, hein ? C'est bon ça, les rillettes !

Et maintenant M. Lulu et Mme Riette rigolent de bon cœur.

— Eh bien voilà, dit ma vieille conductrice qui, comme moi, ne rit pas trop, mon petit Phérial, voici ta nouvelle famille. M. et Mme Aubin sont tes parents nourriciers. Quant à moi, je vais vous laisser.

Sur ce, elle me fait un bisou en me recommandant d'être bien sage et de bien profiter de la campagne. Elle sort, accompagnée par Mme Riette et M. Lulu. Je suis seul dans la maison. Elle est toute petite, la maison, et très sombre. Dehors s'étale une grande cour boueuse peuplée de poules, de coqs, de dindons et de canards crasseux. Je remarque des points jaunes dans la boue. Ce sont les grains de maïs pour la volaille que, chaque jour, Mme Riette, de son tablier et d'un geste sûr, envoie à la volée.

Dans la maison, il y a une odeur de frais et tous les objets sont bien rangés. Rien ne traîne au hasard. C'est très propre ici et ça contraste avec dehors, avec la cour. La table de la cuisine est recouverte d'une toile cirée en plastique et à fleurs. J'en déduis que Mme Riette doit aimer beaucoup les fleurs. Pour faire plaisir, et aussi pour me sentir un peu de la maison, je sors et en cueille quelques-unes dans le parterre devant l'entrée, en attendant les Aubin.

Quand elle me voit comme ça, debout près de la table, pensées à la main, ça lui fait un choc, à Mme Riette. Quant à moi, je reçois une formidable paire de baffes.

— Il est-y con, ce gamin ?! On cueille pas mes fleurs ! Mes pensées que je m'suis enquiquinée à faire pousser ! Hé ben ? Dis queuque chose, toi !

M. Lulu m'explique qu'il ne faut pas faire ça, que la patronne elle aime pas et qu'elle veut pas qu'on touche à ses fleurs. Il y a longtemps que je n'avais pas reçu de baffes. La dernière fois, c'était avant l'orphelinat. Je ne me rappelle plus par qui je les avais reçues, mais ce dont je me souviens bien, c'est qu'après, on avait dû aller à l'hôpital pour mon nez.

— Cloison nasale déplacée, avait dit le bon docteur de l'hôpital. Dites donc, ma brave dame, votre mari n'y est pas allé de main morte !

Je me mets à pleurer.

— Oooh ! Ben, mon vieux, si tu chouines pour de la fleur, on est pas sortis de l'auberge, me dit M. Lulu. Allez, sèche-moi ces larmes de crocodile et viens avec moi voir les chieuvres.

Il me prend par la main et on sort de la cuisine où Mme Riette continue de pester. Je me demande ce que ça peut être, des « chieuvres ». Dehors, munis d'un seau et d'un tabouret, nous allons dans le pré, vers la grange. M. Lulu s'assoit sur le tabouret et se met à traire une chèvre.

— Alors, regarde bien ! Tu mets ta main là, sur le pis et tu presses avec tes doigts, un à un, du haut vers le bas. Tu veux-t-y essayer ?

Je me mets à sa place et prends le pis de la chèvre. Je presse et le lait sort tout chaud dans le seau. C'est magique.

— Tu te débrouilles bien, gamin ! Tu pourras êt' paysan. Qu'est-ce t'en dit ?

— Non, je serai docteur, monsieur Lulu !

— Bouh ! Tous des charlatans ! T'y vas pour un mal de dos et y t'y coupe le nez ! J'aime pas beaucoup c't'engeance-là !

On remplit presque un seau de lait avant de rentrer dans la petite maison un peu sombre et toute propre.

Le soir, on mange une salade de pissenlits, une omelette à l'oseille et du fromage de chèvre. M. Lulu, lui, mange une trempée au vin. Dans un grand bol, il verse du vin, un peu d'eau, pas trop, et jette des morceaux de pain dur, le tout assaisonné avec du sucre.

— Tiens, goûte-moi ça, fiston. C'est d'la trempée au vin !

— Tu vas quand même pas lui donner d'ta cochonnerie ?

— Ben tiens ! J'va en faire un homme, moi !

Et il me tend une cuillerée de sa mixture. J'ouvre grand la bouche et, hop, je goûte de la potion quotidienne de ce qui semble faire de M. Lulu un homme.

— Alors, gamin ?

— Merci, monsieur Lulu, c'est bon !

Bien sûr, c'est pas bon, c'est pas mauvais. C'est fort le vin et c'est bizarre le pain mouillé au sucre, mais je ne veux pas faire la fine bouche, je ne veux pas vexer. Je veux qu'on m'aime.

— C'est bien, gamin, tu deviens un homme. Je t'en donnerai chaque soir !

— Tu veux-t-y en faire un poivrot ? se fâche d'un coup Mme Riette.

Mais M. Lulu s'en fiche et tout en me lançant des clins d'œil, il continue de manger sa trempée au vin en faisant énormément de bruit. Après le repas, Mme Riette m'emmène dans ma chambre. C'est la pièce à côté de la cuisine. Dans un recoin de la salle à manger se trouve un lit d'enfant.

— Tu dors là. En haut, y a ben une chambre mais c'est celle de mon p'tit fils qu'a ton âge. Y vient de temps en temps, faut qu'elle soit propre. Elle est pas pour toi. Allez, déshabille-toi, l'arsouille, et au lit.

On ouvre ma grande valise noire et je prends mon pyjama, ma brosse à dents. Je m'assois sur mon nouveau lit. J'attends que Mme Riette parte de ma chambre.

— Ben t'attends quoi, la Saint-Glinglin ? Allez, en pyjama. Tu peux t'y mett' tout nu, j'en ai déjà vu des p'tits robinets, allez !

Gêné, je me déshabille et enfile mon pyjama à la vitesse de la lumière. Mme Riette s'occupe de ranger mes affaires dans une armoire. Je prends ma brosse à dents et me dirige vers la cuisine quand Mme Riette m'arrête d'un :

— Tu vas où, l'arsouille ?

— Me laver les dents, madame Riette, on le faisait à l'orphelinat.

— Oh ! là, là ! T'es pas à l'orphelinat ici, et pis si t'as besoin de te laver les dents, tu manges une pomme, c'est pareil, et ça coûte moins cher que ton tube de dentifrice. Allez, au lit.

Je me couche. Elle éteint et va dans sa cuisine. Au fond, je vois une petite lumière verte qui clignote. C'est celle du congélateur, là où M. et Mme Aubin mettent des fraises, de la viande, plein à manger quoi. Il fait du bruit ce congélateur, il ronronne. Je ne suis pas habitué. Les camarades de l'orphelinat me manquent, Jean, Maurice, Petit Claude, Catherine… Je me sens seul. J'ai peur.

Je voudrais partir d'ici, de chez eux, alors je dors au plus vite, au plus profond de moi-même, sans rêves ni cauchemars.

Au petit matin, c'est-à-dire à l'heure des paysans, vers 5, 6 heures, Mme Riette me réveille d'un :

— Debout, l'arsouille. Viens prendre ton café au lait.

— Bonjour, monsieur Lulu.

— Bonjour, fiston. Allez, assieds-toi et prends de la force, dit-il en jetant un clin d'œil en direction du bol et des tartines.

À part ça, on ne se dit rien de plus. Ensuite, je vais dans la salle à manger et j'attends, assis sur mon lit, que le temps passe. Pas longtemps, parce que Mme Riette vient me déloger de ma rêveuse posture et me prie d'aller au plus vite jouer dehors.

Il est 6 h 30 et le soleil est déjà levé. Dehors, poules et compagnie s'affairent en hochant de la tête. Au milieu de tout ça, moi je ne sais pas quoi faire de mes dix doigts. Il le voit bien, M. Lulu, mon ennui matinal.

— T'sais pas quoi faire, hein ? T'es un peu déboussolé, hein ? Tu veux-t-y essayer le vélo ? Bouge pas de là !

Il se dirige vers la grange aux chieuvres, y entre pour en ressortir avec, dans les mains, un vélo.

— Tiens, Poulidor, monte là-dessus et pédale !

— J'n'ai jamais fait de vélo, monsieur Lulu…

— Ah ? En v'là une affaire… Bah, grimpe dessus et pédale, tu verras, c'est pas ben compliqué.

Et il s'en va dans la grange sans m'en dire plus au sujet du vélo.

J'essaie alors tant bien que mal de grimper dessus et de pédaler. Mais à chaque fois, je perds l'équilibre ou c'est mon soulier verni qui dérape et je me prends la pédale en plein dans le tibia. Douloureux débuts qui durent ainsi toute la matinée. Au repas de midi, M. Lulu se moque de moi pour rire, à propos du vélo, tandis que Mme Riette me fait savoir que son petit-fils, qui est de mon âge, il sait très bien en faire, lui, du vélo. Je ne connais pas ce petit-fils mais je sens déjà que, lui et moi, on ne fera pas du tandem. En tout cas, je réessaie toute l'après-midi et, moyennant de nouveaux coups de pédale dans le tibia, je réussis à avancer de quelques mètres. Finalement, une idée lumineuse me traverse : il faut que je parte d'une côte ! Derrière la maison des Aubin, il y a un chemin en pente qui longe un champ clôturé de barbelés. Joyeux de ma trouvaille, je pousse mon vélo jusqu'en haut du chemin de terre. Enfin, là, bien concentré, je m'élance de toutes mes jambes, je saute sur la selle et, miracle, je roule à pleine vitesse en traversant le vent qui siffle dans mes oreilles. Je vais de plus en plus vite, c'est génial, même si ça bouge beaucoup. Je suis heureux comme un roi et, de mon trône roulant, je toise d'un regard de vainqueur campagne, ciel, nuages et soleil. Jubilation extrême, mais de courte durée. Je ne sais trop comment, le vélo s'emballe, le guidon vrille, mon équilibre s'y perd et j'atterris dans les barbelés, vélo à terre.

En me voyant revenir le bras en sang, le genou gonflé, les larmes aux yeux, Mme Riette me dit :

— Bouh bouh bouh, sèche tes larmes, crocodile, c'est le métier qui rentre ! Je va te chercher du désinfectant. Pour l'genou, t'as qu'à l'passer sous l'eau froide, y va dégonfler.

Elle crie aussi à cause de mon pantalon déchiré et me fait savoir que l'Assistance publique n'est pas des plus généreuses en matière d'habits et que je dois prendre grand soin des quelques affaires que je possède.

Le soir au dîner, M. Lulu inspecte mon bras avec la minutie d'un savant.

— Il s'agirait pas qu't'attrapes cette vacherie qu'est le tétanos, conclut-il. T'es-t-y vacciné ?

— Je sais pas, monsieur Lulu.

— T'as-t-y un carnet pour la santé ?

— Je sais pas, monsieur Lulu.

— T'sais pas, t'sais pas, m'interrompt Mme Riette. Mais c'est qu'on veut pas avoir d'ennuis, nous autres, avec l'Assistance publique. On est des braves gens, on te recueille pas pour qu'tu sois plus malade que quand t'es arrivé, hein, tu comprends ? T'es ici pour le bon air de notre campagne, pour prendre de la force, hein ? Pas pour te retrouver avec des maladies terribles ! Bon, j'crois avoir vu un bazar pareil dans sa valise. Je m'en va voir.

— Tu sais, gamin, elle a raison, mémère, faut pas rigoler avec l'tétanos, hein !? C'est une drôle de saloperie ça, tu sais ? Ça t'tue un homme en un rien de temps, pis dans des convulsions atroces, des tremblements et des baves de cheval. Ah oui, y en a par ici qui l'ont attrapé et c'était pas beau à voir, hein, pas joli, joli, le spectacle. J'espère qu't'es vacciné, sinon, y va falloir t'y emmener, à l'hôpital.

J'ai peur. Je m'imagine tremblant, bavant, mourant. Du coup, je n'ai plus faim et ne finis pas mon omelette à l'oseille.

— Ça y est ! J'ai retrouvé son carnet ! annonce, triomphante, Mme Riette, de retour en cuisine.

— Fais-y voir, qu'j'y jette un œil.

M. Lulu sort de sa poche de pantalon un étui en cuir qu'il ouvre pour y prendre une paire de grosses lunettes carrées. Cela me fait un peu rire de voir ses yeux grossis par les verres. Il ne fait pas attention à moi, il cherche toujours, mais Mme Riette ça ne lui échappe pas et elle me colle aussitôt une nouvelle baffe.

— Ben alors, nez sale, ça te fait rire l'tétanos ?

Je ne sais pas ce qui me prend, mais après cette claque, c'est comme si je venais de développer subitement une forme avancée du tétanos. Je me mets à trembler de partout et, de mon bras malade, je balaie ce qu'il y a devant moi, mettant en l'air assiettes, omelette à l'oseille et verres, et enfin m'enfuis dehors, dans la nuit boueuse.

Je suis resté assis près du drame au vélo, sans une pensée, sans un mot. Des larmes sur mon visage ont coulé, doucement, des larmes sans tristesse, des larmes qui font grandir et qui font voir les étoiles plus brillantes encore.

Ils m'ont appelé longtemps avant que je revienne, les Aubin, jusqu'à tard dans la nuit.

— Phérial ! Fiston ! T'es où, gamin ? Reviens ! J'ai une bonne nouvelle, t'as pas l'tétanos, t'es vacciné ! Reviens, petit, reviens…

Ils m'ont retrouvé, près des chieuvres, endormi. M. Lulu m'a porté jusqu'à mon lit, j'ai rien vu, rien senti.

Le souffle, les baisers. Le souffle encore. Voilà, j'émerge, épuisé. Anna me serre dans ses bras. Je retiens mes larmes. Éthan est entré et, nous voyant ainsi, maman et papa l'un avec l'autre, s'est blotti contre nous. Dans quelques jours, nous fêterons la Noël orthodoxe avec Nada et Guilé que nous avons réussi à faire venir cette année, et la *česnica* (pain de fête) sera rompue à la maison. Je souhaite de toutes mes forces de ne pas être à nouveau submergé. La famille sera au complet ou presque, car ma mère une fois de plus a décliné l'invitation, prétextant je ne sais quoi. Mais que faire ? Je me console en me disant que le plus heureux, ce sera Éthan. Deux Noëls ? Deux fois plus de cadeaux ! Sur la table défileront tous les mets qu'Anna et Nada auront cuisinés ensemble depuis la veille, choux farcis, légumes en sauce, viande rôtie, et Guilé voudra à coup sûr faire goûter sa *rakija* importée du pays, fabrication maison.

Quelques heures plus tard, Éthan pédale sur son vélo neuf, flamboyant, et m'offre mon cadeau de Noël qui est de faire mon boulot de père, lui fabriquer un souvenir éclatant. Un souvenir qui se construit là, dans nos vivantes actions. Il tombe, je l'aide à se relever, fait deux mètres, cinq, six, vingt ! Je le vois, mon fils que j'aime tant. Je le vois avec ses ailes naissantes, je le vois qui s'envole loin, haut, et nous aussi, portés par ce présent fulgurant, et les souvenirs se soignent, les déloyautés se règlent et l'avenir se dessine dans l'incertitude la plus totale, la plus folle.

De père en fils

Au sol, de l'air frais passe sur mon visage. Au-dessus de moi se dressent les arcades dorées d'un monastère. Un pope soutient ma tête. Je ne suis pas tout à fait dans un rêve. Je sais parfaitement que, quelques instants auparavant, j'étais à la maison avec mon fils, en France, et que je tentais de répondre à ses très simples questions :

— Papa, il est où ton papa ? Tu lui ressembles ?

Le pope pose sur mon front un linge humide.

— Alors c'est vrai, c'est ici qu'il a vécu, l'homme qui a vu le faucon, le géant qui d'un seul coup d'épée puissant ouvrait les montagnes comme Moïse la mer ?

Le pope me dévisage avec intérêt. Ma question le fait sourire et, en même temps, je vois bien comme il est ému que je paraisse m'intéresser à Marko Kraliévitch, le plus grand héros de tous les Balkans.

— Il a vécu ici et en bien d'autres lieux, jeune homme. Marko Kraliévitch, toujours de mille combats, de mille voyages, chevauchant son fidèle Charatz, cheval ailé que lui seul avait, dit-on, réussi à dompter et à soigner de la lèpre. Il y a, non loin d'ici, près des marais, une église en ruine. Elle aurait été bâtie sur le tombeau de Marko. Légende ?

Mythe ? Tout comme ces batailles spectaculaires dans lesquelles Marko aurait tué tant d'hommes pour l'indépendance de son pays ? Vous sentez-vous capable de vous relever ?

— Je crois, pope, que je vais pouvoir, oui.

— Je vais vous aider, appuyez-vous sur moi.

— Merci à vous, je suis confus, je ne sais pas ce qui s'est passé, la chaleur sans doute... Mais continuez, que dit-on d'autre sur ce héros ?

— La chaleur, très certainement. Quant à notre héros, tant de choses sont racontées... Par exemple comment, nageant au milieu des cadavres, couvert de sang, il aurait hurlé en direction du ciel : « *Bože moj, šta će biti sa mnom ?* » (Mon Dieu, que vais-je devenir ?)

— Et Dieu, dans son infinie clémence, extirpa Marko et Charatz du charnier et les plaça dans une grotte où ils vivraient encore.

— Vous êtes fort renseigné, jeune homme.

— Absolument pas, pope. Mais, voyez-vous, aussi invraisemblable que cela puisse paraître, ce savoir semble m'être soufflé par quelqu'un d'autre. Qui ? Je ne saurais dire. Je sais en revanche qu'avant de s'allonger et de s'endormir, Marko, à la force colossale, planta son épée dans la voûte.

— Et le temps file, et les siècles ne sont qu'instants, et le sabre se détache lentement de la pierre. Lorsqu'il tombera, Marko recouvrera ses forces et peut-être reviendra-t-il en ce monde. Vous comprenez, jeune homme, seule la foi fait renaître ! Vous sentez-vous mieux, à présent ?

Je ne peux pas me sentir mieux. Je n'arrive toujours pas à répondre aux simples questions d'Éthan. J'en suis si triste. Ô pope, comment pourrais-je dire à mon fils, tranquillement, l'air de rien : « Oui, ton papa ressemble à son papa. D'ailleurs, c'est ce que disent tous ceux qui l'ont connu. Mais moi ? Je ne peux pas vraiment te l'affirmer. J'ai de sacrés doutes parce que ce père, je ne l'ai vu qu'en photo. Et, comment te dire, mon chéri... Une photo et ce que les gens disent... Mon Éthan, il paraît que mon papa est mort. Je suis allé là où il repose. Et là encore, je me suis demandé : est-ce bien lui qui est sous terre ? Même ça, je n'arrive pas à le croire. Tu vois, mon cœur, tu mesures comme ton papa est très embarrassé parce que la seule chose gravée en lui c'est que son père et sa mère l'ont laissé à la naissance. »

Les yeux du pope se mettent à briller. J'ai l'impression que là, tout de suite, devant moi s'y reflètent les mille éclats du sabre du héros Kraliévitch. Mille feux, mille combats, mille passés prisonniers de la redoutable épée de Marko.

— Vous êtes tout pâle, jeune homme, et un étrange sentiment vous envahit. Votre main tremble. N'ayez pas peur. Demain, dans les premières lueurs du soleil, on viendra, et nous finirons notre conversation, ici même. Pour le moment, vous devez retourner là-bas, car toujours, le père se doit de répondre au fils.

J'ai le cœur qui bat la chamade. Le cœur qui saigne et qui s'égare dans la déraison, comme le jour où j'ai rencontré ma mère, le jour de mes vingt-deux ans... Le silence des campagnes est là. Je cherche, parmi les ombres, la pierre tombale. Enfin, les lettres cyrilliques dorées du nom de mon père, brillantes sous la lune, m'apparaissent. Je tombe à genoux devant la pierre. Je me sens comme Marko, tout à coup. Derrière moi des cadavres, du sang, des combats ni perdus ni gagnés, des combats inutiles qui se répètent sans cesse au son trompeur des gloires et défaites du passé. Mes larmes coulent et je comprends, à l'instant, ce que je suis venu faire dans le pays de mes ancêtres. Je suis venu rencontrer mon Marko Kraliévitch. Je suis venu et j'implore, de mes larmes chaudes d'enfant, la présence de mon père. Oui, tous ces voyages, tous ces gens rencontrés, toutes ces histoires, mille vies en une, m'ont conduit au pied de celui qui repose et qui me manque tant.

— Es-tu dans une grotte, toi aussi ? As-tu un sabre au-dessus de la tête ? Un sabre qui se détache lentement de la roche et qui, un jour, tombera pour se planter dans le sol près de ton visage dénué de toute expression ? M'as-tu aimé, père ? Est-ce que je te ressemble ? T'ai-je manqué ? Oh, à moi, tu as beaucoup manqué ! J'aurais tellement voulu que tu sois là. Souvent, souvent, j'ai espéré cela. Te voir embrasser ma maman, comme Éthan me voit embrasser Anna, te voir l'enlacer et la faire danser au son de la frula ! Toi, mon héros imaginaire si fort, et moi marchant dans tes pas. Est-ce vrai que tu as été un gangster ? Et est-ce vrai aussi que, juste avant de mourir, pourri par le cancer, tu as demandé dans ton délire que je sois là ? C'est maman qui m'a dit ça… Réponds-moi, sois sincère ! Éthan m'attend.

Rien ne bouge dans le cimetière. Les arbres silencieux, fidèles compagnons, se penchent au gré du vent, comme toujours, vers ceux qui souffrent sans savoir d'où viennent leurs peines.

— Hé, debout, le jeune ! Hé, debout, réveille-toi, lève-toi, il fait beau dans le pays !

Ses dents, en or comme les lettres de mon père, brillent à présent dans le soleil. La vieille femme me dit en souriant que le cimetière, c'est pas un endroit où on trouve un bon sommeil. Elle m'aide un peu et je m'assois tout engourdi au bord de la tombe de celui qui est venu me visiter cette nuit et je crois bien maintenant que nous avons marché comme j'en ai toujours rêvé. Oui, nous avons avancé calmement, et j'ai compris que jamais mon père ne serait mon père. J'ai pleuré amèrement et il m'a tendu sa main. Nous avons cheminé longtemps encore, ici, dans les allées du cimetière, malgré la mort. Je murmure au bord de la tombe :

— Ô Éthan, Ô Anna, Ô Danie, si vous aviez vu ça, tous les deux, lui et moi, vivants comme pas !

D'un rapide coup d'œil, le pope considère la gravité de mon état et me tend la main en signe de bénédiction.

— Pope, je vous en prie, soyez sincère, pensez-vous vraiment que Marko reviendra ?

— Penser ? Je ne pense pas, mon garçon. Je crois ou je ne crois pas. Et s'il s'agit de croire, je suis votre homme !

Le pope s'est levé, a fait quelques pas, les mains croisées dans le dos, et m'a lancé par-dessus son épaule, d'une voix joyeuse :

— Oui, comme vous, de toutes mes forces, je le crois !

— Maman, maman, maman ! Papa est tombé par terre !

L'audition sur photo

— Phérial, il y a le metteur en scène du théâtre Cervantès de Tours qui souhaite t'auditionner pour un spectacle en Espagne. Il veut te voir samedi prochain ! Génial, non ?!

Je m'arrête net, comme si j'avais buggé.

— En Espagne ? Va falloir prendre le train. J'ai horreur du train. Et y a mon week-end à Amsterdam de prévu, avec Momo, Kévin et Bastien. Je peux pas leur faire ça !

— Et tu y vas comment, à Amsterdam ?

Je m'affale sur le canapé du salon, fatigué de ma nuit à Rungis, à remplir des camions de viande, de poisson, de bulots et autres chapeaux chinois. Anna ne dit plus mot.

— Bon, fais pas la tête. Je passe un coup de fil aux potos, on remet ça au week-end d'après et j'irai voir le metteur en scène. D'accord, mon amour ? En plus je le connais, on a travaillé ensemble, y a longtemps. Allez, donne-moi un baiser…

— Un baiser ? Tu me réponds comme si j'étais… je ne sais pas moi, une serpillière, et tu veux un baiser ? Tu crois que tu es le seul à faire quelque chose ? Le seul à en avoir marre ? Le seul qui a des malheurs ? Parfois, Phérial, on dirait que tu te complais dans ta…

Elle ne finit pas sa phrase, préférant quitter le salon en claquant la porte.

— Un baiser, quoi… Oh, puis de toute façon tu comprends rien, personne dans cette maison comprend…

Trente secondes après, je dors à poings fermés et quatre jours plus tard, je me retrouve à Tours.

Si longtemps que l'on ne s'est revus. On s'embrasse comme si c'était hier. Ils sont tous là, au complet, heureux de me revoir. Faut dire que toute la troupe était présente, le jour où j'ai découvert, au téléphone, la voix de ma mère. Dans ce petit bureau, à la veille de la première, j'avais composé le numéro de Francfort que mon cousin Guilé avait réussi à obtenir après bien des recherches. Il y avait eu un silence dans la pièce, je m'en souviens avec netteté, puis ses mots :

— Je suis ta maman. Je m'appelle Jelica. Où es-tu, mon fils ?

J'avais failli m'évanouir, comme à mon habitude, mais ils étaient là, mes amis du théâtre, à me soutenir, à me relever, à m'aider à parler, même. L'émotion nous unissait et la crainte aussi, car je devais, en cet instant délicat, choisir entre partir sur-le-champ voir ma maman après vingt-deux ans de vie loin d'elle ou honorer mon contrat de comédien et patienter encore. J'avais choisi le théâtre, parce qu'un contrat, c'est un contrat.

Ils demandent des nouvelles de ma mère. Je reste évasif. Ils n'osent pas en demander davantage.

Tout ça est quand même bien loin, les efforts de Guilé, les retrouvailles, la voix de maman.

La réalité a pris d'autres couleurs. Ma mère, tant absente, et Guilé, Guilé qui, la semaine dernière, s'était effondré.

Nada, paniquée, avait appelé à la maison. C'était loin d'être la première fois qu'elle exprimait ses craintes quant à la santé de son homme, mais là, entouré des pompiers, il avait enfin accepté que je l'emmène, sinon à l'hôpital, du moins au dispensaire de Clichy.

— C'est plus un foie, c'est un paquebot ! disait le médecin en passant et repassant l'échographe.

— Que peut-on faire ?

— Rien. Qu'il rentre chez lui.

— *Šta kaje, ta budala ?* (Qu'est-ce qu'il dit, cet idiot ?)

— *Ništa ! Sve je u redu, brate ! Bez brige !* (Rien ! Tout va bien, mon frère ! Pas d'inquiétude !)

Je n'ai dit la vérité qu'à Nada ; à Guilé, pas eu le cœur. Une question de mois... Nada a écouté sans sourciller.

Je chasse de mon esprit ces prédictions médicales et reviens parmi mes amis. On parle du projet en Espagne. J'apprends que je devrai jouer *Don Quichotte* en espagnol, sous la direction d'un grand metteur en scène polonais, un héros dans son pays, un homme qui a connu les malheurs de la guerre. Il choisit ses acteurs sur photos, il est vieux, il est loin. Je leur laisse mon book et les remercie sans m'éterniser, avec l'impression de n'avoir rien d'autre à leur raconter que mes soirées barbecue, les blagues à deux balles, bref les misères d'intérimaire et ma famille qui se désagrège. Mal à l'aise, je tais mon désir brûlant de jouer.

On verra, que je me dis, on verra. Pour l'instant je n'ai qu'une envie : partir faire l'imbécile. Le reste attendra, le reste viendra.

Amsterdam ou le soir de fête

À peine le pied posé en gare d'Amsterdam, on a foncé, mes potes d'intérim et moi, dans le premier coffee shop trouvé. Et vas-y, la beuh en toute légalité. Kévin, Momo, à 10 heures du matin pétantes, étaient déjà complètement ruinés. Ils chantaient dans la rue à tue-tête et se pliaient en mille courbettes dès qu'ils croisaient une Hollandaise aux cheveux blonds et soyeux. Kévin, qui avait déjà tiré sur quatre pétards, se mettait à sauter pour essayer d'avoir la même taille que ces géantes déesses.

Bastien et moi, on était morts de rire, on n'en pouvait plus de voir ces deux abrutis beugler du rap de supermarché en fixant d'un regard bovin tout ce qui était blond et grand… Au bout d'un moment, fatigués de faire les acrobates, on est allés boire des pintes. Si je ne fume pas du tout et ne bois que du Coca, Bastien, lui, ne dit pas non à la bière. On a parcouru de long en large toute la ville pour échouer là où Kévin voulait à tout prix aller depuis le début.

— T'as vu comme c'est incroyable, ça !

— Quoi, ça ? Qu'est-ce qu'est incroyable, Kévin ?

— T'es aveugle ou quoi ?

— Je vois rien, moi, je suis trop défoncé.

Momo détache son visage de la vitrine et va vomir derrière un arbre tandis que l'autre allumé continue de faire le poète, la face collée au verre.

— Regarde-moi ce fauteuil sur lequel elle est assise. C'est au moins du Moyen Âge, c'est du velours comme tissu, les mecs, c'est doux, le velours, aussi doux que ses jambes à elle. Oh putain, on dirait qu'elles ont été peintes par Mike Brant...

— Non, Kévin, c'est Rembrandt le peintre d'ici, pas Mike Brant !

— Rien à foutre ! Regarde-moi ce mollet et vise ses yeux de chatte...

— Ses yeux de gazelle, ducon ! réplique Momo de derrière son arbre.

— Oh putain... Les mecs ! Elle me regarde, maintenant ! T'as vu, Phérial ? Elle me mate droit dans les yeux. Apprends-moi l'anglais, faut que je lui parle...

— Ouais, c'est sûr, c'est toi qu'elle vise, c'est toi qu'elle veut... Dis, Kévin, tu préférerais pas qu'on aille au musée, tant que c'est ouvert ?

— Au quoi ?

— Laisse tomber, je crois qu'on va y aller sans toi.

— Eh, putain, elle me fait signe d'entrer ! Je fais quoi, les mecs, je fais quoi ?

— Ben entre, si t'as le courage. Va lui montrer ton petit kiki, lui susurre à l'oreille Bastien.

Kévin le chope par la chemise et se lance dans une tirade qui finit d'achever Momo.

— Vraiment, t'y connais rien à l'amour, toi. Tu vois pas ses yeux ? Tu vois pas qu'elle vient d'un autre temps ?

Tu vois pas qu'il s'agit pas de ça ? Tu vois pas qu'elle a flashé, que c'est intense, que c'est beau comme un soleil qui plonge dans la mer ?!

Kévin lâche Bastien et file comme une flèche, voir sa dame du Moyen Âge. Il ressort aussi sec, courant après nous, hurlant :

— Il me manque cinquante balles, les mecs, cinquante balles !!!

On lui donne la rallonge et on lui dit :

— On t'attend.

Dix minutes plus tard, le revoilà, la démarche cool, tout à fait heureux, des étoiles dans les prunelles.

— Ah, mes amis, c'était énorme, grandiose ! Je n'ai jamais aimé autant quelqu'un.

— Et jamais aussi vite ! Remarque, je te comprends, l'amour ça n'attend pas, pas besoin de prendre des plombes pour dire ce qu'on a à dire, hein, pas vrai, Kévin !

— Ouais, Momo, *exactly !*

On a écumé tous les rades d'Amsterdam puis on s'est endormis à quatre dans le même plumard d'un hôtel miteux près de la gare. Au petit matin, j'ai salué toute cette belle compagnie en montant dans le TGV, avec ce léger regret de ne pas avoir vu un seul Rembrandt.

— Désolé les mecs, c'est dimanche et j'ai promis à ma femme d'être là pour le repas familial.

La porte se referme et mes trois amis, sur le quai, m'envoient du baiser, en veux-tu en voilà. Je cherche mon numéro de réservation, zéro trente-sept. Il est là, je m'assois. À ma gauche, un jeune type ; vingt, vingt-cinq ans, les cheveux longs, bouclés, tout mince, tout nerveux.

Il me demande avec un accent italien si j'ai de l'eau. Je lui file ma bouteille.

— *Grazie amico*, très gentil à toi. Je m'appelle Flavio, je parle un peu *francese*.

Il descend la moitié de ma flotte et me parle comme un illuminé. Je comprends assez vite que c'est un original, celui-là. Il s'agite beaucoup en me racontant sa vie. Il vient du nord de l'Italie, une région pauvre, industrielle. Il s'est engagé dans les Nouvelles Brigades Rouges.

— C'est la lutte armée, *amico*. On est contre la police, la justice et tout ce qui représente l'expression du pouvoir. Tu comprends ? On ne veut pas s'habiller avec le costume de ceux qui décident pour nous, de ceux qui font de nous des machines humaines productives. On ne veut plus travailler et s'endormir comme des chiens avec, pour seul maître, *un'immensa fatica*.

Flavio s'est levé et parle de plus en plus fort.

Je me revois à l'usine à l'aube de mes dix-sept ans, constatant, dès mon premier jour de taf, d'un œil novice, la fatigue dont il me parle à présent. J'avais été affligé de découvrir des hommes, des femmes approchant la cinquantaine et qui en paraissaient largement dix de plus. Harassés par des tâches répétitives et bruyantes, buvant le Ricard à la pause, fumant comme des pompiers, pauvres petits plaisirs pour se donner du baume au cœur. Ce même cœur qui finissait toujours trop vite, trop tôt, par claquer.

Flavio interpelle maintenant les gens assis confortablement dans ce train qui file à plus de quatre cents à l'heure. Personne ne bronche, tout le monde ignore.

— Billets, s'il vous plaît.

Pour toute réponse à cette expression du pouvoir, Flavio a sorti de sa poche une lame de rasoir et a entaillé la joue du contrôleur. Cris, sang, panique à bord. Dix minutes plus tard, arrêt à la gare suivante et intervention musclée de la police hollandaise ; ils l'ont attrapé sans ménagement et moi aussi, parce que je suis jeune et assis à côté de lui. Je me retrouve au poste. Le flic qui m'interroge parle aussi bien le français que Flavio, qu'ils ont emmené je ne sais où.

— Nom, prénom, profession ?

— Chpapjik, Phérial, comédien.

— Nationalité, origine ?

— Française et origine serbe, je réponds, tout fier.

J'aurais mieux fait de me taire. Le type saisit une sorte d'annuaire où sont répertoriés tous les malfrats de l'ex-Yougoslavie connus sur leur territoire. Il cherche si mon patronyme n'apparaît pas sur la liste, si je ne suis pas de la famille de l'un d'eux. Il ne sait pas que mon nom est né d'une erreur administrative, que, ce nom, il n'y en a qu'un dans le monde entier. Il ne trouve rien qui puisse me rattacher à une quelconque organisation menaçante. J'assure que je viens de rencontrer Flavio, que moi, je rentre à Paris voir ma femme et mon fils. Il admet, non sans regret, que je me suis trouvé au mauvais endroit au mauvais moment. Il ne trouve pas un seul gramme de shit ou d'herbe sur moi. Il me demande quand même de retrousser mes manches pour inspecter mes veines, des fois que je serais un camé. Bien plus tard, il me relâche enfin en me disant que j'ai une heure, pas plus, pour quitter le territoire hollandais. J'ai bien senti comme il rigolait pas du tout, le grand blond dans son costume d'homme de loi, et j'ai déguerpi aussitôt en apprenant qu'il n'y avait plus de train en direction de la frontière belge.

Je tente ma chance en auto-stop. Le soir tombe et les phares des voitures brillent sous la pluie battante. Trempé, j'avance comme je peux en maudissant ce pays qu'on dit si ouvert. Je marche des bornes avant d'atterrir dans une bourgade que Kévin aurait qualifiée de moyenâgeuse. Ici, pas de lampadaires dans les rues, mais des guirlandes de lumière, et des citrouilles partout, éclairées de l'intérieur par des bougies. Ici, plus une goutte de pluie mais une brume de plus en plus épaisse. Je croise sur mon chemin des gens déguisés en pécores, tenant de vraies fourches ou de simples mais solides bâtons de bois. Ils surgissent des caves et, en s'aidant d'échelles, des toits. Les voilà, la tête à l'envers, en train de faire la roue, des pirouettes, des sauts périlleux d'enfer, et ces mi-clowns, mi-acrobates forment, en se tenant par la main, une interminable chaîne humaine. Je suis pris dans la farandole, ça court ça vole ! C'est la chenille angoissante des fêtes de famille de mon enfance, celle qui ne s'arrête jamais, celle qui, à chaque Noël ou Nouvel An, sans cesse redémarre. Ça boit, ça siffle, ça beugle des mots comme *Varken*, *Zaaien*, que je ne comprends pas. Ça se roule des pelles, ça se tripote, ça tombe les frusques et ça sort son membre en remuant des fesses au coin de chaque masure. Ça baise même dans les fossés. Un village tout entier en rut, des dames sorties des vitrines, furies bien moins exquises que celles d'Amsterdam, une immense orgie dans laquelle tout est permis.

Enfin, lorsque leurs coups de reins sombrent en de lugubres râles et plaintes et qu'ils relèvent, ahuris, la tête pour m'apercevoir, leur jouissance touche à l'apothéose. Partout, ils allument des feux, de vrais incendies, ils me cherchent, me coursent. J'avance toujours, rampant, ventre à terre, ou à genoux, me cachant où je peux, comme je peux et dès qu'ils me trouvent, ils me montrent du doigt, ils me désignent en s'esclaffant ou en ricanant à la manière des hyènes dans la savane. Certains, moins avinés, à poil quand même, s'approchent, le sexe pendant, tentent, avec leurs fourches, de me piquer aux jambes, aux fesses et me lancent leurs bâtons dès que je presse le pas. Je comprends, je suis une bête de foire, une bête à lyncher, car ici, Elephant Man, c'est moi. Je me vois déjà me faire trancher la gorge, pendu par les pieds, me vidant comme un cochon qu'on a saigné pour le repas qui clora les festivités. Oh ! Que ça va mal ! C'est un sacré délire qui me colle au crâne et lâche toutes ses foudres sur moi. Moi, le roi des imbéciles qui se ment à lui-même depuis si longtemps en pensant que personne ne saura et que la compagnie des amis, Kévin, Momo, Bastien, suffira à arranger l'affaire. Mais voilà, tout me submerge en vagues énormes, tout me saute au visage, au cœur, et défile comme un mauvais film la liste de mes peurs sans fin. Peur de faire mon métier d'artiste comédien, d'affronter mes lacunes, mes réussites autant que mes échecs sur les planches, peur d'être parent, d'être un père aimant, peur d'être incapable de briser à jamais les chaînes qui attachent tout ex-orphelin au port des haines, des colères, peur de révéler à ma mère la grand-mère qu'elle n'est pas, et par-dessus tout, peur de recevoir la joie, l'amour, la foi, la vie, tout à la fois. À la fin, je ne sais plus si c'est moi qui délire, si tout cela est bien réel. Je m'assois entre deux maisons, dans l'ombre, dans le froid, dans l'encoignure. Je sors machinalement de ma poche un briquet et fais jaillir une flamme à travers laquelle, au-delà de ma pauvre existence, je vois les chutes, les précipices, la vie et des dégringolades infinies. Plongeons en boucle, visions de fous aux bonheurs furtifs qui s'évaporent dans la chaleur des flammes. J'actionne la molette encore et encore mais plus rien n'en sort. Le briquet est fichu. Fiévreux, grelottant, je refuse que mes dernières heures soient arrivées. Il faut que je me sauve de ce cauchemar, que je me ressaisisse. Tout à coup, j'aperçois une bagnole de police. Je suis sauvé, puisque la loi est là ! Tout va rentrer dans l'ordre, chacun de nous va retrouver de la dignité, du maintien, et même qui sait, de la tendresse. Je fonce vers la voiture.

— Merde, merde, merde !

Je m'arrête aussitôt. Je reconnais le flic qui m'a interrogé. Blond, le visage sans traits et le regard glacial de celui qui vous souhaite derrière les barreaux, convaincu par avance de votre sang néfaste d'étranger. Il roule doucement, phares éteints, comme une bête sauvage qui arpente la nuit ses territoires à la recherche de proies. Il interpelle au passage la population en furie en montrant un papier, une photo de moi, j'en suis sûr. Oui, c'est bien lui ! Il a fait tout le chemin, il me cherche depuis des heures, il est tenace, la chasse à l'homme c'est son sport favori. Sans attendre, je recouvre d'instinct mes talents de bandit d'autrefois. Dans une ruelle plus sombre que le ventre du diable, je vole une bagnole et une bonne, une BMW, que je fais démarrer en quelques secondes, et m'enfuis en essayant de ne pas écraser ce troupeau décadent qui danse encore à la lueur des bougies sous citrouilles, points lumineux que je laisse loin derrière moi.

Adieu la Hollande, adieu Flavio le bel énervé aux cheveux noirs et bouclés, adieu les drogues légales et les vitrines pleines de dames en vente libre. Je m'éloigne, presque heureux, et vivant, je rentre chez moi retrouver mon fils et ma femme.

La lettre sur la table

Toute séparation inclut de grandes douleurs. Visage au sol. L'abandonné qui ne veut pas abandonner. Les systèmes reproduits et c'est le monde qui part en fumée.

Cette peur au ventre, cette trouille démoniaque, ancestrale qui m'assaille de toutes parts. Chaque fibre tendue, chaque cellule en pagaille, chaque nerf noué et me voilà en feu. Vivre ne vaut pas la peine. Mourir non plus. Voilà ce que c'est que d'avoir le visage collé au ciment, le visage à terre, dans la boue de nos souvenirs alors que, là-haut, le soleil brille. Misérable sans plus de cœur que de parole, par qui son propre fils découvre qu'aucun pouvoir ne lui a été conféré, à sa naissance, par quelque bonne fée.

Abîme. L'enfer s'invite à ma table et mes cris montent au ciel, s'éloignant.

Relève-toi, homme ! Relève-toi, père de l'enfant ! Va dire à ton fils comme tu l'aimes, qu'ainsi est ta vie, peu sûre, peu certaine.

— Éthan, mon enfant, mon bel enfant. Viens là, oui, là, dans le creux de mon épaule. Oui, je sais ta douleur. Oui, tu pleures avec moi. Mais ne t'inquiète pas, mon tout-petit, jamais papa ne te laissera. Je reviens. Je pars en voyage, mais je reviendrai, pour toi.

Je dépose un baiser sur ton front, un autre sur ta joue, sur ta main et sur ta joue encore… Sans me retourner, je me lève et l'enfant parle :

— Reviens, papa, je veux partir avec toi !

À genoux, visage au sol sur le ciment froid, je relis la lettre :

Phérial,

Je suis partie chez ma mère, je reviens dans deux jours. Éthan est avec moi, l'école est prévenue. Je t'ai laissé de quoi, dans le frigo…

Phérial, voici venu le jour de notre séparation.

J'ai longuement pensé à tout et de t'écrire, plutôt que de t'en parler, m'est plus facile. Ce n'est pas une fuite de ma part, mais le seul moyen que j'ai trouvé pour t'expliquer avec mes mots ce que je ressens au plus profond de moi. Cela pourra te sembler désordonné, incompréhensible même parfois, mais voilà, c'est bel et bien l'état dans lequel je suis plongée en pensant avec attention à toi.

Retourner la question ? Les mille questions ? Toi, qui suscites tant de choses en moi. Foisonnement sans réponses, dédale de sentiments contradictoires, visite d'un amour en perdition, cœur tour à tour léger, amer. Incursion dans ma matière, voir tout ce qui est sale, tout ce qui se répand, pleurs, cris, jalousie, frustrations, félicité, rires, jouissances… Chaque lettre écrite sur ce papier est comme une fibre de ma petite personne, exposée à ce soleil dont tu dis toujours qu'il ne brûle pas. Il ne brûle pas, Phérial, pour toi. Moi, je suis en cendres et je dois te quitter.

Je ne sais pas ce qu'a été ton week-end au pays du Gouda, mais pour moi ce dernier fut celui des larmes, des cœurs blessés. Cela fait maintenant sept ans de vie commune tous les deux. Et ce que j'avais pressenti aux premiers jours de mon amour vient de se confirmer violemment.

Phérial, tu es l'être le plus inaccessible, le plus fort, le plus fragile qui soit, doté du cœur le plus pur. Créature insoutenable qui pose dilemme sur dilemme chaque jour qu'elle respire. Incompréhension vertigineuse qui en entraînerait plus d'une dans l'antre de la folie. Je ne sais pas quelle musique parvient à tes oreilles lorsque parfois, au matin déjà, je lis dans tes yeux un désespoir aussi profond que l'encre noire qui s'étend sur ma lettre. Je me sens tout à fait impuissante, mon beau cheval de feu. Mon cœur bat si fort et tout devient incontrôlable. Moments de tourmente infinie. Certitudes, croyances, espoirs, tout part au feu qui brûle, tout, Phérial, crois-moi ! Je n'arriverai jamais à comprendre ce que l'on t'a fait lorsque tu étais si petit. Je ne peux pas, c'est vrai, en prendre toute la mesure, mais je vois comme tu te bats sans cesse à éloigner de toi ce malheur obscur, abyssal. Tu es comme une sorte de joueur, mon chéri, alors joue, joue gagnant et arrête d'essayer de me faire croire, de te faire croire, que tu es un éternel perdant. Mise le numéro que tu voudras et il sortira. Je ne peux pas mieux le dire. Je ne peux pas continuer à te voir descendre, chaque week-end passant, en soirées de jeux vidéo, en bières que tu ne bois même pas, avec tes « potes » de taf qui t'aiment et que tu aimes, mais qui, de toi, en comprennent encore moins que moi. Tu dois retourner dans ton art, ta place est là, on t'y attend, j'en suis certaine, même si, pour mon plus grand malheur, cela sera sans moi.

Je peux imaginer pourquoi tu t'investis bien plus dans tes boulots d'intérim que dans notre vie, notre quotidien. Sans doute y trouves-tu une sorte de calme, de refuge, loin de ce que tu crois être tes déceptions ? Mais pense à notre Éthan.

Pense comme il est si fier de toi. Qu'adviendra-t-il le jour où il comprendra que son papa n'a pas fait son devoir envers lui-même, n'a pas respecté les termes de son propre contrat ? Que ressentira-t-il si ce jour de complet désespoir vient ? Il sera anéanti et, sans scrupules, il rebroussera chemin en te disant adieu sans que tu puisses avoir l'espoir de le revoir un jour. Je ne veux pas que cela arrive. Je veux vous voir tous les deux heureux, vous qui vous aimez.

Phérial, il faut que tu arrives à parler avec ta mère, elle qui, à ta naissance, est partie, elle qui, à la naissance de ton fils, n'était pas là. Va, parle-lui, dis quelque chose ; quoi, je ne sais pas, puisque cette colère ne m'appartient pas.

Une chose encore, mon doux Phérial, je crois que l'amour que tu avais pour Danie n'est toujours pas mort. Je ne sais pas si l'on doit faire le deuil, son deuil, mais je vois comme tout cela te donne du chagrin encore et toujours. Libère-toi comme tu peux et n'aie pas peur du ciel qui t'attend, ce ciel que tu aimes tant, ce ciel qui est fait pour les indignes, les incompris, les malmenés comme toi qui ont survécu et gardent, au fond, une lueur si rare que, pour en apercevoir le reflet, une vie entière ne suffirait pas.

Je t'aime. Nous discuterons des « formalités » plus tard. Sans inquiétude.

Je suis dans une telle peine de ne plus être avec toi, mais il ne peut en être autrement. Tu le sais, lorsqu'une femme dit non, c'est non, et ce n'est pas un oui déguisé. Il ne pourra plus jamais, en oui, se transformer.

PS : Tu as été pris à l'audition, don Quichotte t'attend, là-bas, dans la Mancha. Le théâtre a appelé.

Il reste tant à faire

Anna et moi, on s'est donné rendez-vous quelques jours plus tard dans un jardin public.

Je pousse la balançoire.

Anna, en face de nous, assise sur un banc, regarde père et fils et ses yeux sont embués. Elle décroise les jambes et sa main élégante se détache insensiblement du reste de son corps, monte, comme portée par le vent, près de son œil. Une larme perle et va choir sur le sol. Les autres parents, dans le jardin, plus qu'ils ne marchent, me semblent flotter. Fébrile, je pousse la balançoire et Éthan, de ses petits pieds, touche presque le ciel sans nuages. On doit lui annoncer notre séparation, mais est-ce que les mots vont pouvoir sortir ?

Tout ralentit autour de moi. Ciel, balançoire, larme. Étrange impression que je connais si bien où tout se déforme sans que je puisse rien y faire. Me voilà alors redevenu l'enfant perdu d'autrefois ? Figé hors du temps, terrassé par les émotions ? Non, je vais me sortir du piège, du terrible dédoublement, chasser folie et peur.

J'arrête la balançoire.

— Viens dans mes bras, Éthan.

Il s'y jette. Je le dépose auprès d'Anna. Elle se lève et nous lui prenons chacun une main.

— Éthan, papa et maman se quittent.

Éthan crie. On le serre dans nos bras.

— Nous t'aimons, Éthan, nous t'aimons, petit cœur d'amour, nous t'aimerons toujours.

Éthan pleure et son papa doit partir.

— Je t'emmènerai bientôt au théâtre. Maman et papa vont vivre autrement. L'un sans l'autre, mais jamais sans toi.

Éthan crie. Il arrache l'herbe à la terre, frappe les pierres, des arbres le tronc. Il veut du tremblement, quelque chose de puissant qui nous fasse revenir sur cette impensable décision.

Le vent n'est plus, le ciel n'est plus, le sol est fendu et je m'éloigne. Notre chagrin monte jusqu'aux étoiles.

Une rue après, je m'écroule, parce qu'à mon tour, j'abandonne mon enfant. Évanouissement immédiat. Mon vieux moi marche autour de mon corps et me voyant ainsi, au sol, me laisse murmurer :

— Qu'est-ce que notre famille ? Envolée. Anna avait raison, j'aurais dû régler ma gêne, ma honte immense, quant à ma mère et l'abandon. Voilà ma déception complète si je laisse moi aussi mon enfant. Aux enfants tourmentés succéderont toujours des enfants pleins de tourments ? Ô Anna, en vivant parmi mes mensonges, j'ai laissé mon désir s'éteindre. Pardonne-moi, pardonne-moi.

Mon vieux moi pose sa main sur ma bouche et murmure à son tour :

Éloigne-toi des éclairs de ton père
Rejette les mots de ta mère
Pousse au loin tes désastres
Et suis ton fils comme tu l'entends.

En bonne entente

Je dors à droite, à gauche, un coup chez l'un, chez l'autre. Anna m'a laissé notre vieille voiture qui est remplie de toutes mes affaires. Mes potes de banlieue me reçoivent pour deux nuits, trois, sans poser de questions, c'est ça une amitié dénuée de bavardages et solide.

Je taffe comme je peux où je peux. Je me sens comme un petit voilier qui navigue dans des eaux devenues trop rares et, privé du vent des dieux, est empêché d'aller à l'aventure.

Qu'importe, je tiens bon. Je suis pris pour jouer une nouvelle fois *Don Quichotte* et *en España*, s'il vous plaît ! Même si les répétitions ne débuteront que cet hiver, je m'en fiche, je suis pris, j'y suis, j'y reste. Mon dernier rôle ? C'était il y a au moins trois ans, une panouille, de la figuration quasiment. J'ai tellement envie de brûler les planches, envie que ça chauffe comme un énorme soleil, afin que chacun ressorte de la salle embrasé, à bloc, allant ensuite répandre, en flammes, partout, la bonne nouvelle, de la Mancha à la Catalogne : don Quichotte est revenu, il est vivant, nous l'avons vu !

En attendant, cela m'a redonné courage, je reprends les auditions, les pubs, la télé. Pas grave, j'oscille entre le fenwick et les téléfilms pourris pour m'approcher toujours plus de vous, MM. Cervantès, Shakespeare, Marivaux et compagnie.

Je passe aussi souvent que possible voir Éthan. Anna m'accueille avec une humeur égale et s'enquiert de mes soucis avec délicatesse. À mon tour, je lui demande comment elle s'en sort. Elle fait au mieux, des remplacements dans des écoles primaires, un peu loin parfois, mais heureusement ses parents sont là pour aller chercher le petit à la sortie des classes.

Quand le moment d'aller se coucher pour Éthan arrive et qu'il lui faut renoncer une fois de plus à la lumière, la peur se dessine sur son visage. Devant l'impossibilité d'échapper au sommeil réparateur, le chagrin l'envahit. On le rassure, on le caresse, on le serre dans nos bras.

Lorsque notre enfant est enfin endormi, je discute dans le fond du jardin avec Anna, de tout et de rien, avec ce respect si particulier des êtres qui viennent de se séparer en bonne intelligence et qui souhaitent, de façon sincère, le bonheur de chacun. Mais aucun de nous deux n'est dupe et nous savons que ce respect n'est qu'une expression cachée de notre profonde tristesse de n'avoir pas pu toucher au bonheur. Alors nous essayons de réinventer une autre parade, une autre comédie en tentant de faire mieux que la première fois.

Mon petit garçon, nous voilà bien paumés, ta mère et moi. Surtout moi. Pas grave, je dépose un baiser sur ton front, sur ta joue. Pas grave, j'y mets tout mon cœur à chaque fois. Je crois que, quand l'amour s'en mêle, ce qui est vain n'en devient que plus exaltant ! Bonne nuit, mon enfant, bonne nuit. Papa trouvera des réponses dans les yeux des autres, dans des cœurs lointains, dans les livres, qui sait, dans les étoiles…

Parfois je reste dormir. Parfois, je repars dans la nuit.

Adieu mon géant

Les choses ont empiré. La maladie a gagné. Guilé, allongé dans son lit d'hôpital, est sous morphine presque en continu. Je viens d'arriver dans la chambre et il semble avoir l'esprit clair. Je lui tiens une main et Nada l'autre. Il me demande de venir au plus près.

— Il faut que je te raconte quelque chose. Nada va te traduire.

Il paraît que l'on sent quand on va mourir. Est-ce l'effet des médicaments ou l'approche de la fin qui le fait parler sans plus attendre ? Un flux démesuré sort de sa bouche, à peine couvert par la voix de Nada.

— Lorsque j'ai réussi à retrouver Jelica, sa première réaction a été de nier ton existence. C'est difficile pour moi de te raconter ça, mais c'est vrai. Je lui ai fait savoir que c'était impossible tant cet enfant, ce jeune homme, toi, ressemblait à Vita, son père. Elle s'est tue pendant un long moment, puis elle a raccroché. J'ai compris que tu étais bien son fils. Je l'ai rappelée en lui disant que *Bog* pardonne tout si nous pardonnons nous-mêmes. Alors elle a promis qu'elle viendrait, mais que pour l'instant elle était au pays pour le jugement de son premier mari, celui avec lequel elle a eu Lalé. Ton père a rencontré ta mère dans les pires conditions. Il y a bien longtemps, au cours d'un repas de fête, ce premier mari a débarqué, une hache à la main, et a décapité le nouveau petit ami de ta mère. La tête a roulé. Partout le sang, la fureur des Balkans. L'ex-mari fou de jalousie a alors lancé sa hache en direction de ta mère et c'est Vitomir, ton futur père, qui, se jetant sur elle, lui a évité la mort. Voilà comme ils se sont connus, dans la haine et le meurtre. Jelica a ensuite fui la Yougoslavie avec Vita. Ils sont venus s'installer en France, le pays de la liberté, où tu es né. Mais il y a eu des histoires de police, de gangsters. Ton père a dû s'exiler en Allemagne et ta mère l'a rejoint, juste après ta naissance, mais sans toi. Ici, dans le quartier, tous les Yougos connaissaient cette histoire tragique. Je n'ai jamais revu ta mère, et ton père, une seule fois, l'année de la grande sécheresse en France. Il avait quitté Jelica et était revenu ici, dans le 18e, pour essayer de te retrouver mais, comme ta grand-mère Zorka[1], il a échoué. Je lui ai demandé pourquoi il l'avait quittée. Il a dit : « L'amour n'a pas survécu sans notre fils. » Mais toi, tu n'y es pour rien, Phérial. Je ne sais pas comment te le dire autrement, c'est eux qui n'ont pas été justes, tu comprends ? Toi, tu es incroyable. Je suis heureux de t'avoir rencontré, que Dieu t'ait mis dans ma vie.

Guilé se tait et Nada pleure. Dehors, la pluie tombe, poussée par le vent. Tranquillement, j'attends la colère. Mais elle ne vient pas. La colère n'est plus en moi.

Je sais maintenant qu'il me faudra aller la voir cette mère. La voir une fois pour toutes.

---

1. Voir *Un dieu dans la poitrine*, Gallimard, coll. Folio, 2019.

Guilé me prie de m'approcher plus encore et me dit, dans son dernier souffle :

— Phérial, je t'aime. Nada m'a dit que tu allais reprendre le théâtre... C'est bien, le théâtre. Je n'y suis jamais allé, mais je suis sûr que c'est bien. Phérial, j'ai froid. Phérial, je vois les montagnes...

On a enterré mon colosse de près de deux mètres qui a fondu, disparu, emportant dans la tombe son trésor : une immense mer faite de rhum.

Je ne t'oublierai jamais, mon géant qui a tant œuvré pour que je retrouve les miens, pour qu'un sourire, sur mes lèvres, renaisse.

III

PAS À PAS, L'ASCENSION

Défilent les Pyrénées

Assis dans le train, j'ai le wagon pour moi tout seul. Je pense à mon fils, à ma séparation d'avec Anna, à sa lettre, à l'amour, au théâtre qui m'attend.

Par la vitre, alors que j'approche de la frontière espagnole, se dresse l'ombre des montagnes.

Éthan me manque. Dans trois mois, il viendra à Madrid, je lui montrerai le vrai métier de son papa. Je lui parlerai du monde qui est le nôtre sans jamais lui mentir. Au théâtre, il verra la beauté du travail inutile des comédiens et comédiennes qui s'évertuent à jouer un auteur mort depuis longtemps déjà, un illustre écrivain du nom de Cervantès, qui se pencha toute sa vie sur la folie elle-même, et dont je vais interpréter le personnage principal, le pas moins illustre don Quichotte de la Mancha. Je suis si fier, mon petit bonhomme, mon chéri, de te montrer tout ça, afin que tu saches que nous mettons dans le ciel le nombre de lunes ou d'étoiles que nous voulons dès l'instant où nous décidons de nous prendre aux jeux envoûtants de la comédie.

Je respire profondément.

Défilent les Pyrénées.

L'homme de la Mancha

— *Welcome and dziękuję in polish* (Bienvenue et merci en polonais), et heureux de nous savoir réunis tous ensemble pour cette grande aventure, nous qui ne nous connaissons pas encore. Je serais ravi que nous commencions par lire, chacun notre tour, un morceau du *Don Quichotte*, ce qui est sans doute le mieux pour faire connaissance. Qu'en dites-vous ?

Chacun répond par un *yes* jovial.

— Parfait. Mon jeune assistant et traducteur va vous distribuer les textes.

Il lui fait signe de la main et le jeune assistant tend à chacun de nous l'adaptation théâtrale de M. Josef Ojcowski, célèbre metteur en scène venu tout droit de Pologne.

Moi, je me tais. Il est fascinant, ce monsieur, et je ne sais pas encore pourquoi. Nous sommes une dizaine de comédiens et comédiennes, Espagnols, Portugais, Sud-Américains, Français, et nous jouerons tous dans la langue de Cervantès que je ne parle pas plus que l'anglais. Je me débrouillerai.

Il est très vieux, M. Ojcowski. Très, très vieux même, M. Josef Ojcowski. Il a dans les quatre-vingts, quatre-vingt-cinq ans peut-être. Son accent de l'Est a un air de famille, il me rappelle celui de Guilé lorsqu'il parlait le français avec lenteur, articulant chaque syllabe, voulant se faire bien comprendre de tous… Il fait pareil, ce vieil homme, il prend, pour chaque phrase qu'il prononce, le temps nécessaire. Parfois, ne trouvant pas le mot juste, il s'exprime dans sa langue natale, le polonais, et c'est traduit illico.

Je détaille attentivement le vieux metteur en scène et lui aussi m'observe. Je dirais qu'on s'est repérés, tous les deux, et qu'on s'envisage avec minutie et respect, aussi. Les yeux vifs, éclairs dans la nuit, les gestes, rapides, précis, je sens que M. Josef bouillonne. D'ailleurs, il ne tient pas sur sa chaise. Il me fascine, ce très vieil homme, moi qui, comme lui, bouge sur la mienne, moi qui n'ai jamais pu m'éterniser sur aucune d'entre elles. De la petite école de l'orphelinat jusqu'à ce jour, impossible de rester en place, le feu aux fesses, la poudre au cœur, et, comme lui, la fureur et la rage en tête !

La lecture commence. Un à un, on donne de la voix. M. Ojcowski, tel un chef d'orchestre, change l'ordre des lecteurs en pointant son index sur celui ou celle qu'il veut entendre et indique, avant de passer à un autre comédien :

— *Dobrze !* (Bien !) Essaie encore une fois ! Je n'entends pas les mots. *Next !* Tu lis comme si tu sortais du conservatoire. Tu sors du conservatoire ? Oui ? Alors figure-toi que tu n'y es plus ! Reprends, casse la monotonie, nous n'avons que faire de la monotonie. La musique est en vous, aujourd'hui. Je veux que vous me restituiez la *muzyka* ! Pourquoi ? Parce que lorsque la musique joue, mon cœur chante ! Je veux entendre votre cœur, vos battements, je veux que vous vous jetiez du haut des monts, vous voir faire le saut de l'ange, et je veux que votre véritable chant déferle sur le monde ! *Rozumie ? Understood ?* Compris ? Jeune homme, à vous !

Je le regarde toujours. J'ouvre mon texte au hasard. Baisse les yeux et les relève en prononçant les premières phrases qui viennent de s'imprimer dans mon crâne :

— « Nos tombes se couvrent de mauvaises herbes et les gens nous oublient… » Ainsi, Sancho, il est vain de vouloir les choses à tout prix pour soi-même. Ainsi, ce poulet que tu désires tant, ce poulet qui te fait saliver et te pourlécher les lèvres comme le chien ses babines, ainsi ton désir frugal n'est rien à l'aune de l'amour et de l'élégance qui triompheront seuls de nos envies…

— Par ma foi, je ne demande qu'à vous croire, mon bon chevalier, m'enfin, dure est la vie de celui dont le ventre sonne creux de jour comme de nuit, de celui qui se couche en rêvant de ce volatile rôti mais qui n'a, pour tout repas, qu'une bien fade soupe aux cailloux et cauchemarde tout au long de son sommeil d'un poulet ayant des ailes géantes, un poulet qui s'envole dès qu'on ouvre la bouche. Et j'ajouterais, mon bon seigneur, que, vous-même, ne pouvez pas échapper aux délices d'un vrai repas, qu'il vous faut « vous nourrir, quelle qu'aient été, de votre journée, les combats ».

— Que ne cesseras-tu de me rappeler ma triste condition de mortel qui doit se nourrir puis mourir… Ah ! Mon bon Sancho, comment pourrais-je t'en vouloir, toi dont les rêves sortent non de la tête mais du ventre ? Cependant, tu as raison, allons reprendre des forces !

— Ah ! Merci, seigneur en toutes choses, votre bonté ne saura passer inaperçue aux yeux, que dis-je, au cœur de votre tendre Dulcinée !

— Sancho, mon bon ami... Ma Dulcinée... Un souffle d'elle... Un regard, un cheveu que le vent dépose sur mon cœur et voilà que tous mes maux s'étiolent à la chaleur de cet amour dont seul le chevalier le plus noble, le plus juste est digne !

Texte en main, je ne me suis retenu en rien et cela fait un moment que je ne suis plus du tout assis. Sur la table, sur une jambe, recroquevillé, élancé, vaillant ou allongé au sol, passant ma tête sous une chaise, une autre, dans les bras d'une partenaire de jeu, j'ai laissé mon cœur envahir toute la pièce et tous ceux qui s'y trouvent, avec.

M. Josef Ojcowski sourit. Il se lève en retroussant ses manches pour se mettre au travail et annonce de façon rugissante :

— *On the stage*, où il nous faudra mettre beaucoup de lumière ! Je compte sur vous, chers sportifs de l'émotion !

Tout le monde a suivi, pas moi. M. Josef Ojcowski m'a vu me rasseoir, comme abattu. Il sait, il sait que j'ai vu.

— *Take your time.*

Et ce que j'ai vu m'a fichu un coup. Mes amis du théâtre de Tours m'en avaient parlé, mais... c'est une chose que les histoires, c'en est une autre que, là devant soi, se tienne un survivant de ce que les livres nomment les camps de la mort. Ça existe donc, un rescapé ? Une longue série de chiffres, logée sous la peau de son avant-bras. Une preuve indélébile qui bientôt, tourmentée par les vers, disparaîtra, comme ces médailles, tout en fer, disparaîtront elles aussi, entièrement, ces médailles que chaque petit être, dans l'orphelinat de mon enfance, portait à son cou, avec un numéro gravé au dos.

Le temps.

Le temps, une fois de plus, fera son affaire, laissant nos maigres mémoires colporter les commémorations de paix illusoires, les réminiscences de l'abomination, et puis, plus loin encore, le tout deviendra ombre, nébuleux, rendu aux ténèbres.

Sur ma chaise, j'oscille entre la joie de refaire du théâtre et l'envie immédiate de vomir. Sans savoir pourquoi, je murmure cette promesse :

— Éthan, mon fils, Anna, mère de mon fils, amis d'enfance, de banlieue et d'ailleurs, compagnons de bien des misères, chaque représentation vous sera secrètement destinée. Telle est ma prière.

Alice de feu

Demain, je rentre en France pour voir Éthan. Je suis inquiet. Je me demande comment faire. Je ne me suis jamais trouvé devant une telle situation. Qu'est-ce qui serait le mieux ? Que je la présente directement ? Non, je vais lui en parler avant. Oui, c'est ça la bonne idée. Quoique… Comment va-t-il le prendre ? Mais pourquoi je m'en fais tant ? Un papa a le droit d'être amoureux. Naturel ! Il faut que je sois naturel ! Avec les enfants, il faut être naturel. Au théâtre on ne peut pas, le théâtre ce n'est pas comme dans la vie. Éthan, lui, c'est la vie. Je ne dois pas chercher à tout compliquer. Qu'en est-il lorsque l'on est livré à soi-même, sans père ni mère à la naissance, pour guider vos premiers pas, pour entendre vos premiers mots, pour essuyer vos premières larmes et apaiser bien des peurs ? Est-elle brisée à jamais, la confiance ? Sans doute, mais pour toujours, je ne sais pas… Je dois faire confiance à mon fils. Lui, après tout, me fait absolument confiance.

— *Por favor, tome asiento, el espectáculo va a empezar…*

Je reviens à moi.

— *Sí, sí, sí, gracias, puedo tener un agua mineral ?*

— *Con mucho gusto.*

Je veux profiter de ce moment. C'est un grand réconfort pour moi de pénétrer dans ce lieu. Le soir, dès que je ne suis pas de répétition, j'y cours, j'y vole et ce, deux à trois fois par semaine depuis deux mois. D'ailleurs, j'y ai ma table réservée. J'adore ce lieu. L'espace est réduit comme j'aime. La lumière tamisée, enveloppante, caressante m'y fait me sentir tout à fait comme chez moi. Les murs sont tapissés d'un tissu aux couleurs chamarrées, et au centre de chaque table se trouve une bougie dont la flamme vacillante vient soutenir la lumière diffuse que produisent de petites lampes aux abat-jour de verre orangé. Tout, ici, invite au spectacle et à la romance discrète, feutrée… mais chut, la magie va opérer.

Silence dans la salle, les rideaux s'écartent, glissent sur la scène. Que les poètes se mettent à leur plume et que leurs prestigieuses exaltations transpercent le ciel lui-même et illuminent l'univers jusqu'à en rendre fous de jalousie déesses et dieux ! Que vos splendides éloges rendent gloire et hommage à cet être zéphyrien, que dis-je, à la grâce, à Alice, mon amour, danseuse de feu aux yeux d'une beauté exquise, dont le pas souverain et léger mènera à coup sûr le monde à chavirer vers le désir ! Alice, étoile terrienne, qui va m'apparaître, ce soir encore, dans ce minuscule cabaret au nom ronflant de L'Alhambra.

Elle s'élance et, la cheville aux cieux, parsème la scène de flammes et d'éclairs. Elle me rend dingue cet astre-femme, dingue. À chacune de ses apparitions, j'assiste à l'expansion des galaxies, à la fabrication de quelques comètes bientôt légendaires et je chevauche, avec elle, en des points différents, l'espace sidéral, j'approche le cœur embrasé du cosmos qui offre à nos yeux des royaumes d'étoiles, des planètes gigantesques, des nébuleuses éclatantes. Oui, Alice et moi, c'est quantique, flamboyant.

J'en reste bouche bée, abruti, et comme l'amour est là, le temps sort de ma tête. La danse d'Alice, chaque soir, m'emporte, et la nuit et le jour se confondent en s'aimant sans compter.

Le conte, Alice, et Anna qui s'inquiète

Anna s'affaire dans le salon.

— Tu as bien voyagé ?

Elle déplace des livres.

— Oui, Anna, merci.

Elle attrape l'aspirateur, l'allume et, l'instant d'après, l'éteint.

— Tu veux un thé ?

— Je veux bien.

— Tu restes combien de temps ?

— Pas longtemps. C'est une coupure de quelques jours. Cela va nous faire du bien.

— Je suis heureuse pour toi, Phérial, tu as l'air…

Je m'approche d'Anna.

— Que se passe-t-il, Anna ?

— Rien. Te voir ici, et puis Éthan m'inquiète.

— Pourquoi ?

— Depuis peu, il bégaie. Je n'arrive pas à savoir s'il imite un de ses camarades ou si c'est plus alarmant.

— Je vais l'emmener au parc après l'école. Je vais voir.

— Merci, Phérial.

À la sortie de l'école, Éthan se jette dans mes bras en laissant tomber à terre cartable et manteau. J'attrape affaires et enfant et on va au jardin public.

— Pou… Pousse plus fort, papa, plus… plus fort !

— Attention, la fusée va décoller !

Éthan lance ses petites jambes en avant et ses fesses décollent de la balançoire lorsqu'il est là-haut dans les airs. Il rit aux éclats et les autres gamins veulent aussi que je les pousse jusqu'au ciel. J'ai les bras en compote et je réclame une pause sous l'œil amusé des parents. Plus tard, on s'assoit sur la pelouse, Éthan et moi, pour déguster un énorme pain au chocolat.

— Tu vou… voulais me dire un t… un truc, papa ?

— Oui, je voulais te parler de ma nouvelle amoureuse.

Éthan s'arrête de manger.

— Tu as une amoureuse ?

— Oui, mon chéri.

— Je pou… pourrais la voir ?

— Bien sûr, quand tu viendras en Espagne tu la verras.

— Elle est de… de… de l'Espagne ?

— Non, elle travaille là-bas comme moi.

— Dans ton… ton thé… thé… thé… théâtre ?

— Non, elle est danseuse et travaille dans un cabaret.

Éthan reprend une bouchée.

— Co… Comment elle s'appelle ?

— Alice !

— Elle est jo… jo… jolie, Alice ? Comme maman ?

— Oui, mon cœur, elle est belle et maman aussi.

— Papa, tu… tu restes ce… ce soir ?

— Te raconter l'histoire ? Tu veux ?

— Ou… Oui, l'his… l'histoire inventée !

— C'est d'accord, Éthan, c'est moi qui raconte ce soir.

— Ouais ! Je… Je peux man… manger ton… ton…

Je lui donne ma moitié de pain au chocolat et l'enfant s'en va en courant.

On dîne, on rigole et le bégaiement d'Éthan, imperceptiblement, s'estompe. On passe au brossage de dents et Éthan ne se fait pas prier pour une fois. En deux temps, trois mouvements, le voilà lavé et en pyjama.

— Regarde, papa !

Éthan s'élance de toutes ses forces et atterrit avec fracas dans son lit en tirant les draps jusqu'à hauteur d'oreilles. Les yeux grands ouverts, il attend l'histoire inventée. J'allume une bougie, éteins la lumière. L'histoire va commencer.

« Dans un lointain royaume, il y a fort longtemps, vivaient un père et une mère, tous les deux bons et aimants. Ils n'avaient eu qu'un seul enfant, un bien mignon garçon qui devait avoir huit ou dix ans, pas plus. Malgré son jeune âge, il passait ses journées à se promener par monts et par vaux et connaissait la forêt mieux que quiconque dans toute la vallée. Un jour, lors de l'une de ses cavalcades, il fit la rencontre d'une jeune fille d'à peu près son âge. Ils s'entendirent à merveille et l'on peut dire que leur amitié fut scellée sur-le-champ.

» — Je m'appelle Jean. Et toi ?

» — Moi… Moi, c'est… c'est Isa… Isa… Isaboa.

» Le garçon, sans plus attendre, invita Isaboa dans son humble chaumière, au milieu de la clairière. Ses parents préparèrent aussitôt un succulent repas en se réjouissant de voir le plaisir qu'éprouvaient ces enfants à être ensemble.

Oui, c'était une chose magnifique à voir que ces deux enfants qui sans nul doute étaient, de tout le royaume, les plus heureux.

» C'est ainsi, qu'au cœur de la forêt, on pouvait les entendre s'appeler, se chercher, jouer à toutes sortes de jeux et les journées n'étaient jamais assez longues pour eux. Cependant, chaque fois, juste avant que la nuit tombe, Isaboa repartait sur son cheval tout blanc en promettant de revenir aux premières heures du lendemain. »

— Papa ?

— Oui, Éthan ?

— Pou… Pourquoi la jeu… jeune fille pa… parle bizarrement ?

— Ah, voilà le cœur de l'histoire ! J'y arrive, mon Éthan, j'y arrive. Et pour tout te dire, sache que, tout comme toi, Jean se demandait bien pourquoi Isaboa avait tant de difficultés à s'exprimer. Pourquoi elle ne parlait que de façon entrecoupée, ce qui rendait ses phrases peu aisées à la compréhension. Mais Jean n'osait pas demander à sa jeune amie le pourquoi, le comment de tout cela. Il ne voulait surtout pas lui causer quelque gêne ou paraître grossier, bien qu'un jour, n'y tenant plus, il lui posât, en prenant délicatement sa main comme pour la rassurer par avance, la question suivante :

« — Ma douce Isaboa, que t'est-il arrivé ? Ses mots qui sortent de ta bouche sont si malmenés, si décousus parfois, si…

» Isaboa trancha vivement :

» — J'ai re… reçu d'une mé… mé… méchante sorcière un sort mal…

» — Maléfique ?

» — Oui, mon… mon très… très bon Jean.

» Isaboa se réfugia dans ses bras. Et aucun des deux enfants ne s'adressa plus, de la journée, la parole. Le soir, comme à son habitude, Isaboa repartit sur son cheval blanc.

» Jean réfléchit toute la nuit dans son lit fait de bois, cherchant à trouver un moyen de rendre à sa douce amie le don de la parole claire, limpide, une parole sans incident. »

— Il faut peut-être rendre visite à la sorcière ?

— Oui, Éthan, mais pas seulement. Fin de la première partie de cette histoire et demain tu découvriras comme ces deux enfants s'unirent face au mauvais sort et de quelle manière ils combattirent la terrible sorcière. Au lit, maintenant.

— Non, papa, c'est pas… c'est pas juste !

— Ce qui est juste c'est qu'il est l'heure de dormir pour toi, mon fils. Demain, tout te sera révélé.

Éthan, déçu et impatient, s'enfonce sous le drap. Je caresse ses cheveux, il remonte sa petite tête.

— Papa, est-ce qu'elle va mourir, Isaboa ?

— Pourquoi crois-tu ça ?

— On peut mourir quand… quand les autres ne… ne nous comprennent pas.

— Mais Jean la comprend. Même si cela est parfois fort difficile, il comprend son amie.

— Et moi, je vais… vais mourir aussi ?

Je lis dans ses yeux comme la question lui fait peur. Je le serre dans mes bras.

— Mon petit cœur, tu vas mourir, oui, et moi aussi et maman aussi. Nous ne pouvons pas mentir à ce sujet-là.

Mais, puisque tu viens de me poser une des questions les plus difficiles qui soient, puisque tu as fait preuve ici d'un immense courage, je vais te raconter la suite de notre histoire.

— Ou... Ouiiii ! Merci, mon papa.

« Le lendemain, Jean supplia Isaboa de lui indiquer où elle avait rencontré cette maléfique sorcière. Isaboa emmena Jean sur son cheval et, après avoir chevauché des heures durant, ils arrivèrent au pied d'un arbre décharné qui se dressait là, seul parmi des arbres de toutes tailles, verdoyants et bien vivants. Isaboa saisit une branche et se mit à frapper de toutes ses forces le tronc creux de notre arbre mort. Une voix d'outre-tombe se fit entendre et une sorcière plus vieille que la Terre en sortit en grimaçant.

» — Qui a osé troubler mon paisible sommeil ? Qui veut se jouer du doux repos d'une terrible sorcière ? Est-ce toi, jeune avorton ?, demanda-t-elle à Jean en le fixant de ses paupières creuses.

» Jean sentit ses bras et ses jambes engourdis un instant par la peur puis se ressaisit et, prenant son courage à deux mains, il attrapa le bâton mort laissé à terre par Isaboa et se mit à frapper de toutes ses forces en direction de la vilaine tête de notre méchante sorcière. C'est alors que, dans son élan, l'inimaginable se produisit. En effet, comme par un don du ciel, le bâton mort, dans sa course, se transforma en une épée aussi étincelante que tranchante. »

— Waouh ! Plus de... de tête ! crie Éthan.

— Effectivement, Jean et Isaboa virent la tête de la sorcière, à présent tranchée, rouler dans les entrailles de la Terre qui bientôt se refermèrent, sous l'œil interdit des deux enfants.

— Et a... alors ?

— Alors, quelque temps après, le mauvais sort jeté à Isaboa disparut à jamais.

» Son éloquence naturelle revenue, elle composait pour Jean, chaque jour que le soleil éclairait, les plus beaux poèmes qu'il ait été donné d'entendre dans ce lointain royaume.

» En voici un dont je me souviens :

» *Dans le vent, l'arbre mort aux branches frêles brisées par l'hiver, au-delà des étoiles, pousse le ciel.* »

— Bonne nuit, Éthan.

— Bonne nuit, mon… mon papa.

Anna me raccompagne jusqu'à la porte.

— Viens demain pour déjeuner, si tu veux ?

— Avec plaisir, Anna, je saluerai tes parents. Bonne nuit.

— Bonne nuit.

Le magicien de Madrid

Cela fait presque un mois que je ne l'ai pas vu.

Nous nous sommes levés tôt, ce matin, Alice et moi. L'arrivée d'Éthan est prévue à 8 h 30 à l'aéroport de Madrid.

J'attends de l'autre côté du sas. D'autres parents guettent comme moi. Je suis anxieux. Je n'aime pas ces lieux bondés où il faut patienter. Trop souvent, enfant, j'ai attendu qu'on vienne m'y chercher. Parfois, les familles d'accueil m'avaient oublié. Le sas s'ouvre, mon enfant apparaît, un sourire rayonnant sur le visage, et mes souvenirs malheureux s'évanouissent. Je me précipite, soulève ce petit corps d'amour et entraîne Alice dans la ronde. Nous quittons l'aéroport et Éthan m'apprend que l'avion c'est génial, et les nuages, incroyable ! Surtout lorsqu'on vole au-dessus d'eux. Je suis empli d'admiration et n'ose avouer à mon fils que je n'ai jamais pris l'avion. Je serais tellement mort de trouille qu'il faudrait me porter jusqu'à mon siège. Pour l'instant, je cache cette peur et le couvre de bisous.

Éthan a tout de suite bien accroché avec Alice qui, à aucun moment, n'a essayé de jouer à la maman de vacances, la maman de voyage, la maman de remplacement. Avec Alice, je n'ai pas besoin d'expliquer longuement les choses.

Nous nous comprenons bien et vite. Nos seize ans d'écart n'y changent rien. Ce que nous avons à nous dire est empli d'un tel désir pour l'autre. Au tout début de notre histoire, je me suis lancé dans un discours digne d'un homme au seuil de la quarantaine. D'un homme qui sait que c'est maintenant qu'il doit s'y mettre, qu'il attaque l'autre versant de sa vie, le versant qui chute, celui où la vitesse augmente. Chaque jour qui passe, cette vitesse, comme une insulte aux années, nous fait croire que celles-ci raccourcissent, que celles-ci, pour finir, ne seront plus. Tel un vieux mafieux, j'ai proposé à ma jeune Alice une sorte de contrat, qui stipule que s'injurier n'est digne ni de l'un ni de l'autre. Que se tromper, c'est-à-dire se mentir, sera probablement source de la perte de nos ailes. Sans elles, comment surmonter les obstacles que nous savons nombreux ? Accroître notre confiance et ne vouloir à aucun prix s'imposer, déformer les êtres que nous sommes. Toujours pour l'autre, jamais contre.

Dans le centre de Madrid, on a attaqué les glaces. Régal sur régal et quel délice, ces *patatas fritas* ! On a filé au théâtre. J'ai présenté mon fils au reste de la troupe. Nous avons mangé le soir tous ensemble et Éthan a été ravi d'assister à un petit bout des répétitions. À la pause, M. Josef s'est approché de nous et, ayant tiré un paquet de cartes de sa poche, s'est mis à réaliser plusieurs tours de magie.

Chaque jour, Éthan lance dans les couloirs du théâtre :

— *Mister magician ?*

Et M. Josef de répondre, au loin :

— *I'm here, little boy*, viens, approche et regarde la magie qui va opérer sous tes yeux…

Nous avons passé une quinzaine de jours, Éthan, Alice et moi, tout simplement merveilleux. Elle s'entend bien avec lui et lui avec elle. Elle le considère comme le jeune garçon qu'il est et lui l'admire secrètement de me rendre si heureux, de me rendre meilleur père encore. Le jour du départ arrive trop vite pour Éthan. A l'aéroport, il pleurait encore lorsque le sas s'est ouvert puis refermé, quel déchirement.

Je reprends les répétitions intensives, me plonge dans mon rôle avec un allant redoublé, saisissant ma bonne fortune au vol. Tout doucement, tout doucement, à la portée des étoiles.

La lettre à Anna

Il y a un an, tu me laissais sur la table une des plus belles lettres que j'aie jamais reçues.

C'est à mon tour de t'écrire.

Une à une, mes peurs d'hier, mangeant tout sur leur passage, consumant chaque atome, brûlants affolements toujours en expansion, trous noirs vertigineux, une à une, jours après nuits, mes peurs d'hier s'apaisent. Je ne crois pas qu'elles disparaissent pour autant. Non, Anna. Mais tu m'as poussé à travailler là où je dois depuis toujours travailler : dans le monde, avec le monde et pour le monde ; tu m'as ouvert les yeux sur ce que les peurs des autres engendrent en nous-mêmes. Tu sais que je pense là à cette grand-mère qui n'a jamais souhaité rencontrer notre Éthan, qui évite le sujet au point d'avoir exténué tous mes désirs de famille aimante.

Je veux maintenant te remercier, toi qui as tant fait pour l'homme, le père, que je suis aujourd'hui.

Merci pour l'amour.

Merci pour ton amour.

Merci pour l'enfant.

Il est si difficile de tenir les cordages en pleine tempête, en pleine mer, Anna. Sous la houle, sous la force des eaux déchaînées, nos faibles mains ont bientôt fait de tout lâcher.

Et, malgré l'accalmie, malgré la surface lisse des eaux devenue comme le plus beau des miroirs, beaucoup d'entre nous tendent à la catastrophe, aux désastres, à l'abandon.

Je ne céderai pas, Anna. Voilà ce que je souhaite te dire par cette lettre. Pas d'un pouce, pas d'un iota, comme ces vieux arbres qu'aucun vent ne semble pouvoir arracher à la terre. Tu sais comme je suis et serai toujours là.

Là pour toi, douce Anna.

Pour lui.

Pour nous.

Je t'embrasse de tout mon cœur.

P.-S. : Je suis heureux qu'Éthan ne bégaie plus. Les contes œuvrent parfois mieux que nous ne saurions le faire.

El café de los artistas

— Relève ton visage !

— Là, comme cela ?

— *Dobrze !*

— Mais, monsieur Josef… à cet endroit précis, il n'y a pas assez de lumière.

M. Josef rit de bon cœur.

— *Bardzo dobrze (Très bien)*, Phérial, voilà bien une remarque digne d'un comédien ! La lumière ! La lumière ! Nous sommes dans un café, Phérial. Au théâtre, au théâtre, tu baigneras dans la lumière !

— J'y compte bien !

Cela fait deux heures que M. Josef nous donne, à tour de rôle, notes et indications sur le filage que nous venons de terminer. Toute la troupe est attablée et, dans ce petit café, c'est M. Josef qui fait le spectacle. Il n'hésite pas à monter sur une table, à attraper une serviette et à l'utiliser comme un châle léger protégeant Dulcinée de la chaleur écrasante qui règne sur la Mancha. Il saisit une chaise et, à califourchon sur Rossinante, il traverse la salle en prenant sièges et tables pour des chevaliers, des ombres, des géants. Une fois arrivé près du comptoir, il demande en polonais :

— *Szefie, jeszcze jedna wódka !* (Patron, une autre vodka !) Et la même chose pour tout le monde, nous allons boire à la santé de Cervantès !

Le peuple espagnol, encore très marqué par les horreurs du franquisme, semble bien plus prompt à laisser aller son excentricité. Aussitôt demandé, aussitôt servis, car le patron, qui nous voit ici presque chaque soir, comprend à présent parfaitement le polonais.

Voilà plus de six mois que nous répétons. Chaque jour, chaque heure passée à travailler, je remercie la providence d'avoir rencontré un tel bonhomme que ce M. Josef. Sa bonté est immense, le soin qu'il nous porte aussi et il en fait tout autant pour les animaux, un chat à l'ombre d'une maison, un chien errant qui bat de la queue sous la caresse. Tout ce qui bouge, tout ce qui est vivant reçoit de M. Josef un geste d'amour simple et bon. Ce qui me frappe le plus chez cet homme, c'est son ingéniosité à faire feu de tout bois avec aisance, à changer les larmes en diamants. Il lui arrive de prendre ma main comme pour me féliciter. De jour en jour, mon admiration croît. J'aimerais lui dire à quel point je l'apprécie et un étrange sentiment m'envahit alors : le désir profond de m'abandonner dans l'amour d'un homme, d'un père. Mais ma réserve est tenace car l'abandon a pour moi une tout autre face. Jamais je n'ose plus que l'esquisse d'un sourire, pour remercier.

Le temps, peut-être, fera mon affaire, le temps me permettra d'ouvrir mon cœur plus encore, et je m'entretiendrai avec cet homme extraordinaire sous les étoiles du ciel entier.

La nuit, sur le chemin du sommeil, je rêve de cette entente secrète.

Las dos abuelitas

J'ai loué une maison dans un village non loin de Madrid. Éthan va rester avec nous une bonne partie de l'été. Il y a un jardin et une petite rivière qui passe dans le fond du terrain. Un mince filet d'eau à cette époque de l'année, suffisant tout de même pour que l'enfant puisse y tremper les pieds.

J'emmène Éthan aux répétitions. Arrivé au théâtre, il fonce s'asseoir près de M. Josef et, sans bruit, il regarde avec une grande concentration les comédiens travailler sous sa direction. Éthan aime beaucoup M. Josef et pas uniquement ses nombreux tours de cartes. Le vieil homme est ravi d'entendre l'enfant courir dans les coulisses. Nous déjeunons tous ensemble, le midi comme le soir, et c'est dans cette atmosphère joviale, presque familiale, qu'Éthan devient la mascotte de la troupe. Chouchouté par les uns, par les autres, il y a toujours quelqu'un pour s'occuper de lui quand vient mon tour de répéter. Il est heureux, mon fils. Cette vie de saltimbanques le ravit. On ne se lève pas trop tôt, on se couche très tard, on n'est jamais seul, et les adultes jouent comme des enfants, à la comédie.

C'est en observant mon fils nous observer, en écoutant ses remarques, que j'ai le mieux apprécié ce qu'il y a d'extraordinaire dans le difficile métier de comédien. Nous sommes en perpétuelle recherche d'une certaine vérité, sincérité dans et pour le jeu. Nous essayons de passer maîtres dans l'art de produire et de renouveler nos émotions. Nous sommes, comme dit Éthan, des menteurs incroyables, des trompeurs de visages. Joueurs insatiables, nous trouvons dans les pleurs comme dans le rire prétexte à interpréter vies, textes, personnages. Ce qui amuse Éthan par-dessus tout, c'est que l'on passe notre temps à s'habiller et se déshabiller.

Aujourd'hui, je ne répète pas.

J'ai invité Alice à déjeuner. Après la sieste, lorsque les températures auront bien baissé, nous irons tous les trois sur la place d'Alcalá de Henares, manger un petit quelque chose de frais, une glace sûrement, nous qui sommes si gourmands. En attendant, nous dégustons une pastèque à l'ombre de la véranda. Éthan, qui a quitté la table depuis un bon moment, joue au fond du jardin. Je l'entends au loin raconter des histoires à ses pieds qui tapotent l'eau de la rivière. Alice me parle de son spectacle au cabaret. Je prends un plaisir infini à écouter ses anecdotes du show de la veille. Il s'agit bien souvent d'un vieux monsieur qui a su apprécier la danseuse et qui souhaite inviter cette étoile aux jambes de déesse à dîner après le spectacle. Alice me raconte comme elle refuse en trouvant à chaque fois des trésors d'excuses pour éconduire ces demandes touchantes d'hommes que la danse a profondément troublés. Elle me sourit, et alors que nous allions nous embrasser, je me lève en criant :

— Éthan ?!

Plus de petits pieds qui clapotent, plus d'histoires d'enfant.

Je parcours le minuscule jardin du regard. Personne. Mon cœur s'affole.

— Éthan !? Où es-tu ?

Alice court jusqu'à la grille d'entrée.

— Phérial, c'est ouvert !

Nous voilà à sa recherche à travers les rues bouillantes, mais pas d'Éthan. Les pires scénarios me viennent à l'esprit. Enlèvement, chauffard percutant mon enfant et le laissant sans vie, pervers qui a ferré sa proie. Je cours, crie, cogne aux volets de chaque maison, Alice aussi.

— Éthan ! Éthan ! Avez-vous vu mon Éthan ?

Rien à faire. Nous faisons demi-tour, direction la maison, il faut appeler la *policía.* Et là, sur le pas de notre porte, deux vieilles femmes, deux *abuelas* tiennent mon fils par la main. Les larmes m'envahissent.

— *Vimos al niño. Estaba perdido.* Mais qu'est-ce qu'il est mignon, un vrai trésor. Nous savions, monsieur, que c'était votre fils. On l'a gardé un peu *a la casa* à cause de la chaleur et il avait soif, ce *pequeño ángel.* Et puis ma sœur m'a dit : « Allez ! Allons voir *el padre* », et votre petit nous a conduits jusqu'ici.

J'ai glissé sur le sol, à genoux, pour étreindre mon petit Éthan. J'ai remercié les deux grands-mères.

— J'ai eu tellement peur, tellement peur, mon chéri. Merci, *abuelitas* !

Je les ai embrassées toutes les deux. J'ai offert un *zumo de naranja* et les grands-mères m'ont gentiment proposé de s'occuper du petit ange si jamais j'avais besoin. J'ai accepté pour la plus grande joie d'Éthan.

Le soir venu, sous la véranda, je repense à la peur viscérale qui m'a saisi pendant les cinq minutes tout au plus où j'ai cru avoir perdu mon enfant. L'enfer sur terre logé dans mon ventre.

Je prends la main d'Alice et lui demande, droit dans les yeux, droit au cœur :

— Comment ma mère a pu vivre avec cette peur pendant près de vingt-deux ans ?

— Tu veux dire, comment est-ce possible d'abandonner son enfant ? reprend délicatement Alice.

Je ne pleure pas. Je repense à toutes ces années de rien avec ma mère retrouvée, aux révélations de Guilé. Voilà bien le canon sur ma tempe, voilà bien les illusions qui s'évaporent sous la chaleur de la Mancha. Après le spectacle, j'irai à Francfort. Après le spectacle, j'irai en découdre pour de bon avec cette histoire, son histoire, mon histoire d'enfant perdu, de mère cherchée puis trouvée, cette histoire sans chichis, sans fées, si cruelle dans ses vérités.

Je m'enfonce dans les bras d'Alice qui pleure doucement pour moi.

Le père de tant de choses

M. Josef ne mange que de la soupe, le soir. Une fois son assiette terminée, il se lève sans bruit et remercie autour de lui d'avoir eu, encore, de quoi dîner. Il n'y a pas eu un repas sans ce merci discret et profond.

M. Josef est vêtu sobrement. Pas d'effet de style chez lui, pas d'extravagance, une simple veste de costume et une chemise impeccablement mise. Arrivé au théâtre, il retire l'une, remonte les manches de l'autre et se métamorphose en metteur en scène. Il passe d'une comédienne à un acteur en difficulté, mime chacun des gestes de nos personnages, nous soutient, modifie des éléments du décor. Au fil du temps, nous accédons à un monde inouï, explosif, que quatre-vingt-cinq années de vie n'arrivent pas à empêcher de jaillir. Dès qu'il sent que l'un de nous se repose sur ses lauriers et récite le texte sans plus de conviction, il n'hésite pas à lui coller dans les bras un petit chien ou un porcelet, l'obligeant à se dépasser, tant la présence sur scène de l'animal est forte, voire déloyale. M. Josef parcourt des kilomètres dans ce théâtre à l'italienne, imposant un rythme de travail impressionnant et, après chaque répétition, comme à son habitude, il nous enjoint d'aller au Prado voir les grands maîtres et leurs œuvres, d'y retourner pour ceux qui y sont déjà allés. Il nous répète sans relâche que des indices secrets permettant d'interpréter nos rôles s'y trouvent enfouis. C'est ainsi que j'ai découvert des peintures qui vous donnent la fièvre au premier coup d'œil, des scènes cruelles d'une beauté éblouissante qui défient l'imagination elle-même. En quelques mois, le triptyque de Bosch est devenu un compagnon fascinant et les bleus de Giotto mes ciels préférés.

Sans jamais faire la leçon, M. Josef a permis que Cervantès soit un ami et don Quichotte aussi, un ami fidèle. Et sa folie, rendue envoûtante par l'illustre écrivain, page après page, scène après scène, repousse tout ce que nous croyions savoir sur notre humanité.

Au contact de cet original de don Quichotte, dans l'amour brûlant de ce chevalier errant, accompagné par le vivant Sancho Panza, dont la bonté et l'appétit vont de pair, les préjugés, un à un, sont tombés.

Cervantès visait, depuis le début de l'aventure, nos ailes et non celles des moulins, nos ailes qui doivent, coûte que coûte, sur scène tout du moins, se déployer.

M. Josef et moi, nous nous sommes rapprochés. Peu à peu, il s'est confié, il s'est mis à parler du passé. Temps indélébile pour lui.

M. Josef a survécu malgré l'horreur et la mort permanentes. Il a porté tant de corps jusqu'aux flammes. Mais chaque soir, il a tenté dans un sublime effort de faire rêver des enfants décharnés que seule l'hallucination tenait éveillés. Bricolant des marionnettes de fortune, il a joué et rejoué des pièces entières, des contes, et m'a avoué qu'il n'oublierait jamais ce moment si beau où, enfin rassuré, l'enfant dort. Vers la fin de ce calvaire, M. Josef a réussi à s'échapper en faisant le mort parmi des montagnes de cadavres plus laids que tous les enfers.

Je comprends mieux pourquoi, lorsque Éthan vient en Espagne, M. Josef ne manque jamais de lui faire quelques tours de cartes, quelques tours de magie. Pourquoi il nous enjoint sans cesse d'aller à la rencontre de toutes les beautés, des autres et de nous-mêmes. Pourquoi, chaque soir, il donne un spectacle déchirant, à faire croître en nous un autre cœur.

Souvent, après la répétition, je reste assis au milieu du théâtre, seul. Empli d'une force incroyable, je reprends mon souffle en me laissant happer par notre décor qui, lui aussi à sa façon, chargé de nos exploits, frémit encore.

Ce soir-là, M. Josef est avec moi.

— Monsieur Josef ?

— Oui ?

— J'ai l'impression que rien n'avance, que rien ne change malgré les efforts.

— Crois-tu vraiment ?

— Tant de fois, je me sens si inutile. Malgré l'amour, malgré les enfants, malgré le théâtre, malgré… Monsieur Josef, comment est-ce possible, une telle solitude ?

— Phérial, je sais la solitude et le questionnement… La seule réponse se trouve dans le travail. Travaille, Phérial, et alors : *Hollywood for you !*

Après un long silence, il ajoute en slave, avec une douceur infinie :

— Tu es comme un fils pour moi.

À l'instant même, je manque d'éclater en sanglots.

Bouleversé, je revois mes années d'enfance bafouées, solitaires, tout comme l'ont été celles de mes petits camarades. Petits camarades chétifs d'alors, désœuvrés, promenés en train, en ambulance, d'un établissement à un autre, d'une famille à une autre, avec cette particularité de n'avoir pour elles, tortionnaires d'enfants, absolument aucune identité. Cette solitude, sans cesse… et qui fut mise à terre, envahie, violée, piétinée.

En un éclair, les coups anciens ont ressurgi autant que les injures, la brutalité. Qu'importe, puisqu'en un éclair, M. Josef est devenu comme un père aimant, attentionné, ici dans ce théâtre de la petite ville d'Alcalá de Henares qui a vu naître Cervantès lui-même. Qu'importe, puisque notre lien et notre entente, jusqu'au dernier jour, furent ceux d'un fils et d'un père qui n'ont eu aucune hésitation à s'aimer.

Baba Yaga

Éthan a très peu mangé. Il est monté sans rien dire dans sa chambre, sans demander à jouer encore, sans réclamer l'histoire du soir.

Alice quitte la table et va le rejoindre. Je débarrasse. Je réfléchis. Rien de désagréable n'est survenu dans la journée. Ai-je dit ou fait quelque chose qui l'aura blessé ? Je sais que les enfants ne souffrent jamais pour rire. Je grimpe doucement l'escalier et m'arrête dès que j'entends les pleurs de mon enfant. J'arrive dans la chambre. Alice tient Éthan entre ses bras, Éthan qui pleure toujours à chaudes larmes. Je m'assois près d'eux et nous nous serrons tous les trois. Là, dans la chaleur de nos cœurs, Éthan pose la question qui le fait tant souffrir.

— Pourquoi, papa, t'es plus avec maman ?

Mon cœur vrille.

— Je ne suis plus avec ta mère parce qu'elle ne souhaitait plus me voir me faire du mal.

— Du mal ? Mais comment un papa se fait du mal ?

— Tu aimes venir au théâtre avec moi ?

— Oh oui, avec toi, et avec Alice aussi et M. Josef !

— Tu apprécies de nous voir travailler sur la scène ?

— J'adore ton costume de chevalier, papa, et les autres costumes aussi. Mais quand tu es sur scène, je ne sais plus si c'est bien toi mon papa et ça, des fois, c'est bizarre.

Je m'accroupis à la hauteur de mon fils et Alice fait de même.

— Est-ce que tu as peur de ne plus reconnaître ton père ?

— Non, Alice, j'ai pas peur, c'est bizarre c'est tout. Mais ça me plaît quand il monte sur son cheval imaginaire et va très vite dans les ailes du moulin du théâtre. Après, il vole et tombe. Et je suis content quand c'est fini et que tu n'as pas mal, papa.

— Quand tu étais encore tout petit, papa avait décidé d'arrêter de jouer la comédie, de chevaucher des créatures imaginaires, et maman n'a pas aimé ça.

— Pourquoi ?

— Parce que j'avais tout simplement peur de ne pas réussir et parfois on est lâche, Éthan, et je ne souhaitais pour rien au monde que tu me voies faible et lâche. Alors on préfère se cacher, on croit que ça va nous éviter de souffrir, un peu comme les autruches qui enterrent leur tête dans le sable, paraît-il, lorsqu'elles sentent un danger. Sauf que moi, je voulais dissimuler mon cœur et mes désirs, espérant ne pas avoir à affronter mes peurs, justement.

— Je veux dire, papa, pourquoi maman n'a pas aimé ça ?

— Elle n'a pas aimé que je continue à agir comme ça, parce que alors mes désirs et mon cœur lui-même allaient devenir une espèce de terrible secret comme enfermé dans une boîte et que, plus tard, une fois plus grand, forcément, toi, Éthan, tu l'aurais découverte et forcément tu aurais voulu savoir ce qu'il y a dedans…

— … Et pour ça je l'aurais ouverte, même si je n'ai pas la clé. Je l'aurais cassée ! Et là, j'aurais vu quoi ?

— Tu aurais constaté mon terrible mensonge envers moi-même qui, tout doucement, serait devenu un mensonge envers toi. Tu comprends ?

— Oui, papa. C'est triste de pas arriver à faire les choses qu'on aime, surtout si on peut les faire. Maman dit toujours qu'il faut faire ce qu'on a à faire, et pas ne pas faire ce qu'on a à faire. Enfin, je crois que c'est ça qu'elle me dit souvent.

Alice et moi on éclate de rire.

— Oui, maman a raison !

— Dommage quand même pour moi. Je vous aime et c'est triste de pas vous avoir tous les deux rien que pour moi. Bon, c'est comme ça. Un jour j'ai maman, un jour j'ai toi, un jour Alice et aussi le nouvel amoureux de maman. Merci papa de pas m'avoir menti, de pas avoir enfermé ton secret dans la boîte. Et, en rentrant, je dirai merci à maman. Alice ?

— Oui, Éthan ?

— Tu peux me raconter une histoire ?

— D'accord. Je vais te raconter un conte russe qui parle aussi d'une boîte et de comment la misère s'est répandue sur toute la Terre. Ça te dit ?

— Hum… Je sais pas… La misère sur Terre ? Est-ce qu'il y a une sorcière ?

— Oui, Éthan, j'ai nommé la terrible Baba Yaga !

— Bonne nuit, mon fils !

— Bonne nuit, mon papa, chevalier du théâtre.

— Bonne nuit, cœur de ma vie !

Le cœur des hommes

Ce soir nous donnons la première du Don Quichotte de la Mancha.

Le trac est au rendez-vous. Il s'exprime sous bien des formes et pour chacun à sa manière. Pour ma part, il est toujours un peu là. Il ne me quitte jamais vraiment et se manifeste des mois à l'avance. Alors, à l'approche du grand jour, il m'assaille.

Cauchemars depuis des nuits. Toujours le même : être sur scène, bouche grande ouverte sans qu'aucun son n'en sorte. Je me vois trifouiller mes pensées devant tous, avec douleur, retourner mon cerveau. Au scalpel toutes les régions ! J'entaille, tranche, écarte la matière, cherchant dans ce bout de mou qui semble avoir subi quelques néfastes sortilèges des phrases entières qui ont fichu le camp. Rien à faire, nulle part ne figure une seule bribe de mon texte.

Je me réveille en sursaut avec un cœur de plomb dont les battements résonnent jusqu'au plafond. Les poumons comprimés à l'excès, la gorge sèche comme un désert de pierre, la langue plus lourde qu'une trogne de chêne, et la mémoire rendue au désespoir.

L'air devenu rare, assis dans mon lit, les yeux hagards perdus au loin, j'attrape mon texte dont jamais je ne me sépare et marmonne sans relâche toutes les répliques comme un bonze tibétain chante ses mantras. Peu à peu, le froid me gagne et il suffirait qu'un oisillon pose délicatement ses pattes sur moi pour que tout mon corps vole en éclats. Nuit sans fin.

Chaque matin, Éthan découvre un père sans visage, vieilli d'au moins vingt ans en quelques heures à peine. Le texte en main, j'erre avec ma pâle figure, ayant enfin rejoint, sans vraiment m'en rendre compte, l'état du personnage que je travaille depuis longtemps. Je suis bel et bien, à présent, don Quichotte de la Mancha, cet être vermoulu qui se couche le soir sur une paillasse, brisé par mille batailles. Laissant aller ses membres perclus de douleurs, il tire jusqu'à lui un drap fait de poussière et rend enfin ses yeux au sommeil, accompagné de cette pensée réconfortante : même quand tout semble perdu, il reste toujours l'honneur de quelques-uns à sauver. À l'aube, il se lève et nous reprenons sa quête. Nous cherchons son amour au détriment de sa vie. Et lorsque cette figure évanescente apparaît, souvent au détour d'un amas de pierres posées là comme par enchantement, don Quichotte de la Mancha et moi-même, fourbus mais heureux, nous suivons des yeux, paisiblement, cette solitude qui roule au cœur même d'un désert, sous les vents brûlants.

Chaque jour, je redoute le grand soir, celui où il me faudra être un autre, bien plus illustre que moi. Celui où il faudra justifier de cette ogresse prétention, celle-là même qui nous permet de faire croire au public impatient que la lune est légère, que l'infini nous habite, que l'amour et la mort sous la clarté des étoiles conversent en riant, cette prétention sublime qui seule nous pousse à grimper sur scène. Sans elle, les planches seraient bien lointaines.

Éthan pose sa petite main sur la mienne qui tremble. Il me voit bien perdu et me tire quand même hors de la maison. Entouré d'Alice et de mon fils, je me rends au théâtre et rampe dignement jusqu'à ma loge où je m'habille de pied en cap. Assis face au miroir, absent, j'attends la venue du public, ce monstre aux mille yeux et son silence si attentif. Viendra le noir, la lumière, et mes forces jailliront, je l'espère. Alors seulement, je ne fuirai pas mes camarades de jeu, que dis-je, le monde entier, pour aller me tapir au plus profond des entrailles de la Terre.

M. Josef pénètre dans ma loge et m'embrasse sur la joue. Ses yeux me traversent et son léger sourire m'envahit. Je me lève, il me suit. Derrière les pendrillons, à portée de scène, je meurs et je vis.

J'entre et le monstre est là.

Le spectacle commence. Je fonce avec le cœur de celui qui a vingt ans et je pourfends les airs, les ailes de tous les moulins et les chevaliers aussi et avec une délicatesse infinie j'embrasse l'air dans lequel se cache timidement, là, voyez-vous, ma Dulcinée ! Fou imbécile, je bondis, je pleure, je ris.

À la fin de la représentation, M. Josef nous rejoint sur scène en tenant Éthan par la main et mon fils se prend aussitôt au jeu des saluts distingués que l'on prodigue au public espagnol hurlant, déchaîné, qui nous récompense sous un tonnerre d'applaudissements. Nous ne sommes pas peu fiers, car ce soir, une fois de plus, dans un théâtre, les cœurs ont parlé.

La mer de larmes

Adieu désert, adieu Cervantès, adieu amitiés furtives du monde du spectacle, nous nous reverrons peut-être, si la bonne fortune nous le permet, heureux de vivre toujours. On s'embrasse. M. Josef offre tout de bon son jeu de cartes préféré à Éthan, en pleurs lui aussi.

Je serre contre moi ce vieux magicien au cœur et à l'esprit démesurés. Il passe sa main sur mon visage en m'assurant que nos sourires comme nos larmes sont des éclats de Dieu et que le voyage est bien loin d'être terminé.

Nous grimpons dans le train qui bientôt va partir. Alice monte avec nous. Danseuses, acteurs mélangés nous font signe de la main et nous envoient du baiser, en veux-tu en voilà, comme mes potes de banlieue autrefois, sur le quai d'Amsterdam.

Le train démarre et, au loin, là-bas, s'éclipse derrière les Pyrénées, tout comme les spectacles une fois achevés disparaissent dans la mémoire des hommes.

Éthan est blotti entre nous. Ses larmes cessent. Il s'endort.

Alice et moi nous discutons de la suite. Elle déplie devant nous une carte de l'Europe, ferme les yeux et pointe un endroit au hasard. On se penche. Elle est tombée pile sur

Berlin. C'est entendu, après Francfort, après avoir déposé Éthan chez sa mère, nous irons vivre à Berlin. Une fois de plus, M. Josef disait vrai : l'aventure n'est pas près de finir.

Éthan se réveille.

— Papa, maman m'a dit que je devais aller en Allemagne avec toi, mais elle m'a pas dit pourquoi. Pourquoi on y va, papa ?

— Nous devons nous rendre à Francfort voir ma maman. Ensuite, je te ramènerai à la tienne.

Éthan jette un œil par la vitre et me fait remarquer :

— Tu as vu, papa, comme les arbres font ? On dirait qu'ils se plient à notre passage. Je pense qu'eux aussi veulent nous saluer. Papa ?

— Oui, mon fils ?

— Tu as une maman, toi ?

— J'ai une maman.

— Ils sont incroyables, ces arbres. Si tu as une maman, alors j'ai une autre grand-mère.

La gare de Francfort, ou le dernier voyage chez maman

De la soupe à l'avocat et au chou-fleur. La route a été longue. Alice et Éthan en reprennent. Ils ont faim comme des ogres.

En chemin, j'avais tout expliqué à Alice. Pourquoi ce voyage, pourquoi cette visite chez cette femme qui m'a enfanté puis abandonné, les familles, toute l'histoire. Alice pouvait choisir de m'accompagner ou pas et elle avait été extrêmement touchée par la confiance que je lui accordais. Elle m'avait répondu qu'elle souhaitait vraiment me connaître, qu'entre elle et moi c'était sérieux, qu'une relation d'amour c'est rare et que tout doit se partager, tous dans le même navire.

Ma mère est ravie de ces grands appétits.

Et me dit en serbe qu'elle trouve ma nouvelle petite-amie jolie :

— *Lepa je tvoja nova devojka!*

— Qu'a-t-elle dit ?

Je traduis à Alice entre deux cuillères de soupe.

— Ma mère dit que, toi, ma nouvelle amie, tu es jolie et, moi, je dis que tu es si jolie que mon cœur est à toi.

Tu sais, mon cœur il bat toujours fort, mais bien plus fort lorsque tu es près de moi. Cela ne se commande pas, Alice de mes rêves.

Alice sourit, Éthan tend son assiette et maman lui ressert une pleine louche de cette soupe délicieuse. Il me questionne :

— Elle ne dit rien sur moi ?

Le soir approche. La télé ronronne.

— Non, mon chéri.

— C'est pas grave, papa. C'est toi sur la photo, là ?

— Oui, c'est moi.

Dans la petite salle à manger, trône sur le mur une photo que ma mère a fait encadrer. Une photo de comédien où je pose tel un jeune premier qui sait pourtant bien que Perdican ne fera jamais partie de son répertoire.

Je la lui avais donnée la première fois que j'étais venu chez elle. Je dois avoir vingt, vingt et un ans, pas plus. On dirait un enfant. De mon regard clair, je fixe l'horizon. Je ne connaissais pas encore ma mère à ce moment-là. Si perdu alors.

La tristesse m'envahit. Je ressens toujours le vide d'autrefois. Fonçant dans tout, rêves et cauchemars qui s'entremêlent. Ma jeunesse pleine de rage dérivait sur un bateau étrange, un bateau aux abois que l'emportement des grands flots appelait de toutes forces, de toutes parts. Je détache mes yeux de ce passé en cadre, vais à la salle de bains m'asperger le visage d'eau froide et reviens m'asseoir.

Alice goûte à présent au goulasch hongrois que ma mère sait si bien cuisiner. Elle se régale. Éthan, lui, se lèche les doigts.

Deux jours que nous sommes à Francfort. Pour mon fils, tout cela est bien surprenant. Ma mère lui lance quelques mots de français dont elle se souvient avec fierté, « couteau, fourchette, soupe, Paris ». Elle se comporte avec lui comme s'ils s'étaient toujours vus, toujours connus. Ce qui sonne vraiment faux. Mais la question n'est pas là, la question c'est plutôt : comment est-ce, tout ça, pour cette vieille femme ? Un petit-fils, un fils devenu père, le français lointain, l'époque des galères, de l'abandon.

Nous avons vingt années derrière nous maintenant, maman et moi. Vingt années où nous avons tout juste fait connaissance. Vingt ans qui ne nous ont pas vraiment permis de franchir le seuil de nos maisons respectives.

Bien des questions brûlent mon cœur d'homme face à ma maman d'abandon, moi qui suis sur le point de décider enfin quelque chose pour moi, si toutefois on décide de quelque chose dans une histoire comme celle-là.

Mes questions, calmes, limpides, montent du plus profond de mon être. Ce ne sont pas des questions qui exigent à tout prix une réponse. Non, elles se dressent juste et forment une sorte d'arbre dont les mille ramifications, nourries par bien des misères, s'épanouissent aujourd'hui et cherchent le soleil, la lumière.

— Pourquoi n'es-tu pas venue, *majka*, à la naissance d'Éthan ? Pourquoi n'avoir pas saisi la vie naissante et cette place de grand-mère que je te souhaitais tant ?

Alice et Éthan ne mangent plus. Silence absolu dans la petite pièce.

— Es-tu morte le jour même où tu as quitté l'hôpital, laissant derrière toi l'enfant chétif, l'enfant des pleurs ? Car ainsi j'étais, mère, couvert de larmes.

Éthan et Alice ne bougent plus. Ma mère, le regard vide, répond simplement :

— *Samo Bog zna.* (Seul Dieu sait.)

Je pousse mon assiette de soupe à l'avocat. Elle tourne tranquillement son visage vers son grand écran plat. Elle ne veut plus rien entendre d'autre que ces voix, ce bruit de fond qui accompagne dans la mort certaine. L'existence ne l'intéresse plus depuis longtemps déjà. Le sourire que j'ai tant cherché n'est pas là. Le grand amour qui m'a été conté, entre elle et mon père ? Sa mort, son cancer ? Rien de tout cela n'a jamais existé. Ce ne sont que les illusions d'un homme et d'une femme que l'abandon de leur enfant a séparés. Je ne suis pas le grand coupable. Que ces illusions restent les leurs. Moi je me tais, je ne vais plus rien lui dire, je ne peux plus rien lui dire, j'ai tant supporté.

Je me lève de table. Je m'approche d'elle et la serre bien fort dans mes bras, je lui fais un baiser sur la joue, elle m'en donne un à la slave. Je fais signe à Alice et Éthan de la tête. Ils se lèvent à leur tour et se joignent à nous. Nous restons ainsi un temps infini puis je me détache de Jelica. Je rassemble nos bagages, prends mon fils par une main, Alice par l'autre et nous quittons l'appartement sans un bruit, sans un mot de plus.

Ma maman a compris. Elle a refermé sa porte sans une larme sur son visage, elle a refermé la porte que le temps n'a jamais pu ouvrir. Elle sait qu'elle va poursuivre ainsi sa vie, sans fils, sans petit-fils, sans Alice. Elle ne souhaite pas découvrir le mal qu'elle s'est fait et qu'elle m'a fait. Elle ne souhaite pas affronter quoi que ce soit, qui que ce soit. Elle veut seulement la paix et le pardon de Celui qui sait…

Les valises sont lourdes. Je m'assois à même le sol, en plein milieu de la gare de Francfort. Sans force. Mon fils me regarde et je n'ai pas le courage de lui dire que je suis à nouveau sans mère. Sans mère, sans pays, sans origine. Tout part à vau-l'eau. Culture, lieu de naissance, destin ? Le vent, la chaleur ou la pluie semblent avoir bien plus d'incidence, pour moi en tout cas.

— Tous les guerriers ont besoin de repos, tu comprends, Éthan ?

— Oui, papa, c'est pour ça que tu as besoin de t'asseoir ? Pourquoi les guerriers ? Tu es un guerrier, toi ?

— Je ne sais pas, mon cœur, je ne sais pas. Mais je dois reprendre mon souffle, pour toi, pour ta maman…

— Et pour ta nouvelle amoureuse si jolie ?

Je souris.

— Oui, pour elle et pour moi aussi. N'aie pas peur, mon Éthan. Je dois juste reprendre mon souffle. N'aie pas peur, mon chéri, j'ai encore bien des choses à faire.

Éthan et Alice s'assoient près de moi. On est là, au sol, tous les trois abandonnés au brouhaha.

— Je n'ai pas peur, papa, pas avec toi. Qu'est-ce que tu dois faire encore ? Dis-moi.

Ma tête vacille. Je sens mon souffle court. Je vais m'évanouir.

— Éthan…

Je suis évanoui. Mon vieux moi se tient assis dans la gare, devant moi. Éthan est sur ses genoux. Il me pose des questions et je lui réponds que je dois encore aller par les villes et les villages, que je dois retrouver quelqu'un qui habite loin d'ici, quelqu'un qui m'attend depuis que je suis petit. Quelqu'un qui sait les tempêtes de neige…

Mon vieux moi place sa main sur mon cœur, soulève et dépose mon fils dans mes bras puis s'en va lui aussi comme de chez ma mère je suis parti, sans un bruit. J'ouvre les yeux. Éthan prend mes mains et, aidé d'Alice, me redresse.

— Je t'aime, papa. C'est pas grave. Lève-toi !

— Je t'aime, mon Phérial, reviens vers nous, n'aie plus peur. Tu es si fragile, je comprends…

L’ami Feuillette ou l’école d’antan

J’ai passé quelques jours chez Anna. Je lui ai tout raconté, ma mère et la fatalité, mon évanouissement à la gare, ma désillusion, la force de notre fils. Anna m’écoute raconter mais je ne m’étends pas trop, sentant bien que le sujet est encore délicat pour elle. Après tout, ce passé qu’il faut laisser mourir là où il doit mourir a provoqué en partie notre séparation. Nous savons bien tous les deux que si j’avais agi plus tôt, si j’avais saisi le taureau par les cornes comme on dit, il en serait peut-être tout autrement pour nous aujourd’hui. Mais voilà, on ne construit rien avec des si.

Nous avons doucement, en bonne intelligence, évoqué les années à venir, la possibilité de prendre Éthan à Berlin. Nous verrons, nous ferons au mieux, nous ferons comme nous pourrons. Avec Anna, tout s’arrange.

Le lendemain matin, j’emmène Éthan à l’école pour sa rentrée. Il a adoré ses vacances et me confie qu’il aurait tant aimé qu’elles ne finissent jamais et que maman soit là aussi avec lui, Alice et moi.

Je le prends dans mes bras et lui chuchote à l’oreille :

— Parfois, il est difficile de faire tout ce qu'on aimerait faire, et il faut, dans ce cas, essayer le plan suivant.

— Tu veux savoir mon plan suivant, papa ?

— Raconte toujours.

— Je ne veux pas aller à l'école aujourd'hui, ni demain, ni jamais. J'aime pas l'école ! Je veux rester encore avec vous, en vacances.

— Quel petit malin !

Nous rions tous les deux et il file en traînant du pied dans sa nouvelle classe.

J'ai appelé ensuite Alice pour lui dire que je devais me rendre en province avant de la rejoindre à Berlin et je lui ai aussi promis de lui écrire. Elle m'a fait mille baisers et m'a dit de bien faire attention sur la route.

Je prends l'autoroute, direction le Sud. Le plan d'Éthan, son désir d'école buissonnière permanente me replonge au temps de mon adolescence, avec mes copains du collège.

À l'école, rien n'allait.

Français, maths, sciences naturelles. À part la gym, rien n'allait.

Je ne comprenais rien.

Et le plus drôle, c'était que pour Grégoire, mon meilleur pote, Feuillette, le gars des champs, et Dislover, le tombeur du collège, non plus. On était tous les quatre bien assis au fond de la classe, à se marrer comme des baleines à la moindre occasion. Oui, les rigolards, c'était nous !

Le Feuillette, il arrivait le matin déjà bien en forme avec deux, trois blancs-cassis dans le nez. Tout rougeaud, il posait sa grosse tête pleine de cheveux épais contre le radiateur et s'il ne chantait pas des chansons de son cru c'est que le sommeil, effet secondaire du blanc-cass', allait bientôt faire son effet. Il posait sa caboche sur ses bras croisés, se cognant contre la fonte pour se laisser enfin aller à des ronflements assez peu distingués et c'était tout ce raffut qui faisait parfois dire à M. Malheux, le prof de maths :

— La bête cherche sa tanière.

Bien sûr, si Feuillette était enrhumé, on entendait merveilleusement comme la maladie passait du nez à la gorge, de la gorge au nez et c'était au tour de Mme Lacloche, la prof de musique, de souligner :

— Symphonie des glaires en *ut* mineur de Bertrand Feuillette, compositeur du XXe siècle, composant exclusivement dans son sommeil !

Là, la classe partait en délire et c'était la même bouffonnerie quand Mme Desgrillères, la prof de français, s'approchait de Feuillette, que nul ne pouvait troubler dans son sommeil, et disait d'un ton déclamatoire :

— Être ou ne pas être, telle est la question, rêver, dormir, ronfler peut-être… William Feuillette, auteur incomparable.

Bien entendu, aucun de nous ne comprenait le sens véritable de la blague et nos rires provenaient du fait que, devant l'autorité ironisant, Feuillette ne bougeait pas d'un poil. On se marrait encore, mais au fond, nous, on savait pourquoi Feuillette picolait dès le matin et passait son temps à dormir en classe.

On habitait des villages, pas loin les uns des autres. À chacune de nos visites, on trouvait Feuillette en train de curer l'étable des vaches, de réparer le gros moteur d'une machine bien plus grosse encore, de rentrer le foin, de sortir le grain par sacs de cinquante kilos à dos d'homme. Feuillette avait quatorze ans, en sixième, comme Dislover,

Grégoire et moi. Il avait la mâchoire carrée, les épaules larges deux fois comme les nôtres, des paluches faites pour soulever des pianos, une dentition de cheval et un appétit aussi gigantesque que sa générosité. Combien de fois ne nous avait-il pas rapporté des bouteilles du meilleur vin de la cave de son père, des petits sancerres, des petits pouillys-fumés, qu'on buvait sous la table en plein cours de sciences naturelles ?

Oui, il fallait le voir abattre le travail, tâche après tâche. Le plus beau c'était que Feuillette restait rigolard, même fatigué, toujours un large sourire au bec, même si son père venait le tancer tous les quarts d'heure pour que le boulot avance.

Son père était un paysan sévère qui vous jetait au visage son regard froid comme la terre sous le gel et finissait par nous dire, dans son patois d'outre-temps, qu'on pouvait voir son rejeton, mais pas trop longtemps. C'est que le travail était alors une religion sans tolérance qui fustigeait tous les fainéants du monde et rendait même coupable le plus heureux des têtes en l'air. Il vous transformait en bête de somme qui ne désirait plus qu'une seule chose après le labeur : un lit en bois, en ciment ou en fer.

Sa famille me rappelait les familles d'accueil où cette même religion s'abattait sur nous. Alors, évidemment, les vraies vacances, c'était l'école qui nous les fournissait, tout au long de l'année, et pour rien au monde nous ne voulions la manquer, toujours à l'heure, jamais malades, jamais absents, les meilleurs élèves en somme, au grand dam de nos professeurs.

Les fermes feront de nous des hommes tandis que l'école recevra le sommeil des enfants que nous sommes.

Des mots pour Alice

Je pourrais t'appeler bien sûr, mais je préfère écrire. Parce que écrire, t'écrire est quelque chose, n'est-ce pas ?

J'aimerais plus encore peindre. Je ne t'ai jamais dit à quel point j'aimerais représenter le monde de cette manière ? Tu te rends compte, quelques couleurs, quelques traits jetés sur la toile et voilà le paysage rendu plus vrai que nature. Malheureusement, je ne suis pas très bon avec les lignes à tracer, à conduire sous le pinceau vers la forme laissée par le souvenir. Un jour, je me mettrai à la peinture. Oui, mon amour, il faut que je m'y essaie.

Merci pour celle que tu es. Merci pour mon fils auquel tu n'imposes rien, auquel tu racontes des histoires le soir.

Tu sais, Éthan m'a dit qu'avec toi je cessais de vieillir. Je crois bien qu'il a raison. Le temps redevient, avec toi, comme aux jours heureux de mon enfance, l'allié invisible, indéfectible.

Je suis enchanté de te savoir bien à Berlin, de t'y sentir légère, ravie. Tu es belle à en faire pâlir don Quichotte.

Excuse-moi, je parle à nouveau de ce vieux fou qui va m'accompagner pour quelque temps encore.

Au moment où je t'écris se dresse devant moi le château de mon enfance, l'orphelinat et ses séquoias. Je suis assis au pied de l'un d'eux. Il est immense, il est vieux. Je pose ma main et, sous son écorce durcie par les siècles, je perçois des orphelins d'autrefois, les battements. Si tu savais, Alice, comme cet arbre majestueux m'a emporté bien des fois jusqu'au ciel. Phérial et le séquoia magique !

Le château est désert, à l'abandon. J'ai erré dans les couloirs, grimpé les escaliers grinçants, et dans chaque pièce, j'ai écouté les vies d'autrefois. Maurice jetant le christ à terre, petit Claude apeuré, caché derrière un mur en pierre, et Catherine qui, comme moi, préférait les pâtes de fruits à la viande de rhinocéros. Je suis parvenu jusqu'aux sous-sols où, autrefois, on entreposait le charbon et là, incroyable, gisant dans la poussière, j'ai trouvé le puzzle du cheval en bois. Lorsqu'on réussissait à le reconstituer sans l'aide d'un docteur, on pouvait être presque sûr qu'on allait pouvoir sortir de ce lieu hors du monde. C'était notre Charatz aux ailes puissantes qui nous emportait vers d'autres royaumes où les reines et les rois aimaient leurs enfants. Quel périple !

Je reprends la route.

Une chose encore, Alice. Bien sûr, il y a eu la guerre puis la mort de Danie et la rupture avec Anna, et j'ai cru que je n'aimerais plus.

Mais à présent, tu m'habites et tu me manques. Patience, mon amour, nous jouerons, nous danserons, nous chanterons, patience, mon amour. Voici des nuages changeants et des spectacles infinis.

Et Dieu, qui ne veut rien, voit tout cela.
Amour et sexe. Enfants et joie.
Rien, il est vrai, qui ne puisse cacher nos saines solitudes.

L'avenir c'est peut-être murmurer ce que l'on sait déjà.
Je t'aime et mes lèvres te le diront sans relâche.

Les fleurs, penchées,
Dans leur vase,
Désirent les pluies d'été.

De par les villages

Je m'arrête prendre l'air près d'un canal. Je m'assois.

Les grands peupliers bruissent au gré du vent.

Non loin d'ici, on courait à la boulangerie s'acheter des friandises, lorsque l'un de nous avait le sou.

Je repars. Et partout le même rituel, je m'arrête, de l'eau à mes pieds, des souvenirs lointains, des sensations en pagaille.

Je suis parti très tôt.
Il y a tant de lieux que j'ai vus.
Tant de gens croisés.
Tant de villages où j'ai vécu.

Mais il existe un lieu plus que tout autre, un lieu si particulier.

C'est un long voyage.
Un lieu qui m'aimante.
Je traverse les villes et les villages.

Je roule sur cette terre française d'aujourd'hui et dans mon cœur, naïvement, la remercie. La remercie de m'avoir, toutes ces années, si bien nourri, de m'avoir donné sans distinction de nom ou de couleur à peu près tout ce qui est bon, à peu près tous ses fruits.

Lorsqu'il est, à la naissance, abandonné, l'enfant est comme cette terre, suspendu dans l'univers. Attiré vers le bas, sujet à la gravitation et au déséquilibre par nature, l'être, vertige après vertige, glisse, tombe.

Il y a si longtemps, des mains dans ma chute se sont tendues, sales, aimantes ou faites pour la prière. Qu'importe, il faut croire, puisque les mains se sont bel et bien tendues. Moins dures furent alors ma chute et ma vie. Heureuse même, quelquefois, sous le soleil chaud des étés ou dans le charivari sourd des flocons, le silence des neiges des hivers.

Je m'arrête encore.

J'ai vu tant de batailles loin des jeux du pouvoir, loin des projecteurs.

Des batailles de hameaux, des batailles de bistrots, d'être à être, des gens qui se sont dressés comme un seul homme sans en faire tout un plat, et se sont battus pour que l'indifférence des uns, alliée à l'ignorance des autres, ne devienne pas une raison d'État.

Le sable fin de la Loire passe entre mes doigts.

Jadis, j'ai cru mourir ici même. Dans les flots, loin de la terre ferme, je me suis débattu comme un tigre pris au piège. Au milieu des tourbillons délétères, j'ai choisi la vie, en défiant le ciel.

Mes pensées s'obscurcissent.
Quelque chose se perd.
C'est infime, mais c'est là.
Quelque chose empêche l'horizon.

En ce siècle, on passe aisément d'une guerre digne des lointains barbares qui décapitaient à tout va sous les hourvaris de la tribu, aux pleurs de plateaux télé. Les malheurs médiatisés font fureur et alimentent la démence ordinaire des gens qui ont peur d'affronter des avenirs plus que jamais incertains. À nouveau, on accuse son prochain tout autant que le passé, et les nuages s'assombrissent.

Le sable n'est plus, il a disparu, emporté par le courant dans lequel je laisse mes inquiétantes réflexions du moment et je file vers ce lieu qui toujours m'aimante.

Je reprends le volant et roule la tête haute, avec cette fierté stupide, mais si juste, d'être un ancien pupille de la nation, moi qui crois encore que la bonté est l'ingrédient nécessaire pour que cœur et esprit s'épanouissent.

Je file, file comme une étoile que rien ne pourrait arrêter, car j'ai tant à découvrir aux détours des villes et des villages.

Enfin, j'arrive.
Enfin, je me gare en bas du chemin.

Au bout, je vais revoir celle qui, avec égards, m'a initié au monde et m'a protégé, le temps de mon court séjour chez elle, de bien des tourments.

Une femme remarquable.
Une femme d'il y a si longtemps.
J'avais à peu près l'âge d'Éthan, huit ans à peine.

Je gravis, le cœur léger, ce sentier mille fois rêvé.

La nuit noire

Les petits cailloux blancs sont toujours là. Personne ne m'attend, je n'ai pas prévenu de mon arrivée. Je monte les quelques marches de la terrasse. Combien de soldats, de cow-boys et d'Indiens sont morts ici, sur ce ciment usé par nos guerres d'enfants ? Je frappe à la porte-fenêtre. C'est M. Liliane qui m'ouvre. Les cheveux grisonnants, plus courbé qu'avant, il me dévisage un instant et s'exclame, avec sa bonhomie habituelle :

— Ben, ça alors ! Phérial !

— Bonjour, papa Liliane.

— Mais entre, entre donc. Pascal et Frédéric sont là et Christophe aussi.

On est dimanche. La famille, c'est tout. La famille Liliane, la plus simple d'entre toutes. Sans chichis, embrassades et joie de se revoir. Pas de déconvenue face à l'inattendu, un bon sens jovial toujours prêt à tout. Ici, on ne craint que les caprices du ciel et la mort.

On me pose des questions, je raconte que je suis père maintenant et comédien, même si j'ai été souvent cuistot, serveur ou cariste. On sourit, on comprend : saltimbanque, c'est un dur labeur. On s'enquiert de l'âge de mon petit, on veut voir une photo. Dans la foulée, j'apprends que Christophe est instituteur, Frédéric aussi, et Pascal garde-chasse aux eaux et forêts. M. Liliane est fier de ses grands garçons, lui qui a été maçon toute sa vie. Mon œil va de l'un à l'autre et les souvenirs défilent, les lapins dépiautés ensemble, les vaches, les parties de cache-cache immenses dans les bois, les kilomètres parcourus dans la campagne à perte de vue, les hivers magiques, les pêches miraculeuses, les bagarres sanglantes sur le chemin de l'école, une vie intense aux tons verts flamboyants, des cerises plein la bouche, des noix, des prunelles sauvages, une enfance sans pareille, quasi paradisiaque avec les bonheurs et les malheurs terrestres.

Mais, tout en les écoutant, tout en riant avec eux, mon inquiétude grandit. Cela fait maintenant une bonne heure que je suis dans cette maison de mon passé et je n'ai toujours pas vu maman Liliane. Je cherche, par-ci, par-là, des indices. Est-elle à l'hôpital ? Est-elle toujours de ce monde ? Mon cœur se serre. M. Liliane s'approche de moi.

— Elle fait la sieste. Tu sais, je ne sais pas si elle te reconnaîtra, la situation s'est beaucoup…

M. Liliane jette un coup d'œil sur la pendule de la cuisine et lance :

— Ah ben tiens !! C'est l'heure d'aller la chercher ; reprends un bout de gâteau, j'arrive.

Il se faufile. Christophe se pousse, Pascal se pousse, Frédéric suit M. Liliane. Je les entends, la chambre est près de la cuisine.

— C'est l'heure, ma chérie. Il y a une surprise. Un invité. Je ne sais pas si tu vas te souvenir… Il est venu nous rendre visite à l'improviste. Le petit Phérial de l'Assistance qu'on a eu pendant deux ans.

J'entends les efforts des deux hommes qui l'aident à se lever et son son à elle, son souffle court, le souffle qui peine de maman Liliane. On regarde tous en direction de la chambre.

— Tu es bien, là, maman ? On peut y aller ?

Et c'est ainsi qu'ils entrent dans la cuisine. Papa Liliane pousse le fauteuil roulant, et dès que je la vois, elle me voit.

Je m'avance vers elle et, dans un effort surhumain, elle me présente sa main tremblante et ses yeux sont envahis par un sourire béat d'où la salive coule et papa Liliane, un mouchoir à la main, l'essuie délicatement.

— Tu te souviens de lui, il a grandi…

Elle fait un petit bruit. Je comprends, maman Liliane ne parle plus. Je m'incline et pose ma tête sur ses genoux. La main tremblante caresse mes cheveux.

Mes yeux effleurent la pendule. Tic-tac. Le temps s'arrête et tout le monde est bien flou à présent dans la petite cuisine. Vais-je m'évanouir ? Non, c'est si doux, sa main. Je pense à ma propre maman, celle qui ne tremble pas. A-t-elle déjà posé sa main ainsi sur moi ? Qu'est-ce donc, une vraie mère ? Suffit-il de retrouver celle qui vous a mis au monde pour se sentir libre, fort, confiant ? Maman Liliane me révèle à l'instant même que l'éternelle question de notre origine ne répare pas tout alors que, l'amour, oui.

C'est la première qui m'a touché qui est la mère, voilà la juste vérité.

C'est la première qui m'a aimé qui est la mère. C'est elle, cette femme infirme que la raison a presque quittée, qui m'a toujours affectionné. Et mon chagrin se mêle à la chaleur de ce corps amaigri qui donne encore et encore de cet amour jusqu'au bout de sa maladie. Alors, ce bonheur modeste, je le prends tel qu'il vient puisqu'il est là et c'est bien la première fois que les choses sont aussi simples pour moi.

Plus tard nous allons nous promener. Je pousse ma fausse vraie mère tout le long de la balade. Je reste pour le dîner et repars dans la nuit.

Elle va bientôt mourir, maman Liliane, je l'ai vu dans son sourire.

J'arrête la voiture. Je m'enfonce dans la forêt. L'air est froid. Je m'enfonce dans le bois.

Lorsque tu ne seras plus, « partie », comme disent pudiquement les gens du pays, je n'aurai comme réconfort que le fait de savoir que, là-bas, quelqu'un qui m'a aimé, que j'aime encore, y est déjà. Et pour les plus enthousiastes, les plus naïfs d'entre nous comme moi, je dirais que là-bas, là-bas, le mystère absolu m'attend avec cette joie sur les lèvres qui culmine loin de toutes les douleurs.

Je marche sans puissance, les feuilles tombent et tout est bien cruel au fond du bois. Je marche longtemps encore et me souviens qu'avant même que mes poumons ne se soient déployés, j'ai entendu le monde avec clarté. Le monde de ceux qui vivent et meurent a sonné à mes oreilles comme cette voix qui murmure à présent dans le soir :

> Je vais passer par les petites rues,
> Pour visiter la terre et ses mille feux,
> Qui forment mon très beau ciel d'en bas.
> Comme à chaque fois.

Qu'ils me craignent ou m'adorent,
Je couvrirai sans bruit alors,
Leur dernier souffle féroce,
Comme à chaque fois.

Je suis leur rendez-vous,
Aux moins malins comme aux plus fous,
Et jamais je ne pourrai leur en vouloir,
Lorsque enfin dans mes bras, ils m'appellent
 la terrible nuit noire.

Éditions Belfond,
92, avenue de France, 75013 Paris.
Pour le Canada,
Interforum Canada, Inc.,
1055, bd René-Lévesque-Est,
Bureau 1100,
Montréal, Québec, H2L 4S5.

ISBN : 978-2-7144-9580-8
Dépôt légal : février 2023

Composition et mise en pages
Nord Compo à Villeneuve-d'Ascq

Achevé d'imprimer par
Normandie Roto Impression s.a.s.
61250 Lonrai (Orne)
N° d'impression : 2206514

Imprimé en France